沈从文
著作集

废邮存底

沈从文 萧乾 著

天地出版社 | TIANDI PRESS

图书在版编目（CIP）数据

废邮存底/沈从文，萧乾著.—成都：天地出版社，2021.6
（沈从文著作集）
ISBN 978-7-5455-6176-0

I.①废… II.①沈… ②萧… III.①书信集－中国－现代 IV.①I266.5

中国版本图书馆CIP数据核字（2020）第249409号

FEI YOU CUN DI
废邮存底

出 品 人	杨　政
作　　者	沈从文　萧　乾
责任编辑	陈文龙　王　鑫
校　　订	李建新
特约审校	魏旭丽
封面设计	徐　海
责任印制	王学锋

出版发行 天地出版社
（成都市槐树街2号 邮政编码：610014）
（北京市方庄芳群园3区3号 邮政编码：100078）
网　　址 http://www.tiandiph.com
电子邮箱 tianditg@163.com
经　　销 新华文轩出版传媒股份有限公司

印　　刷	三河市兴博印务有限公司
版　　次	2021年6月第1版
印　　次	2021年6月第1次印刷
开　　本	787mm×1092mm 1/32
印　　张	5.5
字　　数	81千字
定　　价	32.00元
书　　号	ISBN 978-7-5455-6176-0

一九八二年，沈从文在家中

校订说明

　　沈从文，原名沈岳焕，笔名休芸芸、甲辰、上官碧等。中国现代著名作家、文物研究专家。一九〇二年十二月二十八日出生于湖南凤凰县。早年投身行伍。一九二三年只身到北京，投考燕京大学未中，开始文学创作。一九二四年起，陆续在《晨报副镌》《文学》《小说月报》和《现代评论》上发表作品。一九二八年以后，在上海、武汉、青岛、北京等地大学任教，同时写作不辍。全面抗日战争爆发后，到昆明西南联合大学任教，一九四六年随北京大学复员回到北平。新中国成立后，先后在中国历史博物馆和中国社会科学院历史研究所工作，主要从事中国古代文物特别是服饰史的研究，一九八一年出版《中国古代服饰研究》。一九八八年五月十日病逝于北京。

一九二六年十一月，沈从文的第一部作品集《鸭子》由北新书局出版，为"无须社丛书"之一，收戏剧九篇、小说九篇、散文七篇、诗五首。此后著述不断。陈晓维先生据《沈从文研究资料》（花城出版社一九九一年版）所载《沈从文总书目》，将一九四九年以前出版的沈从文著作分为三类：一、见于公私收藏的著作五十九种；二、未见公私收藏的存疑著作十三种；三、盗印本七种。新中国成立之前确有其书的沈从文著作，有的不止一个版本。如《湘行散记》，一九三六年三月商务印书馆初版，一九四三年十二月又由开明书店出版了作者改订本，为"沈从文著作集"之一。

从一九四一年起，沈从文花费了大量精力修订旧作，准备在桂林开明书店出版"沈从文著作集"，原计划出版三十种，实际出版十三种，包括：《春灯集》，一九四三年四月初版；《阿金》，一九四三年七月初版；《黑凤集》，一九四三年七月初版；《边城》，一九四三年九月初版；《神巫之爱》，一九四三年九月初版；《黑夜》，一九四三年九月初版;《废邮存底》,一九四三年九月初版;《春》,一九四三年十二月初版;《月下小景》,一九四三年十二月初版;《从文自传》,一九四三年十二月初版;《湘行散记》,一九四三年十二月初版;《湘西》,一九四四年四月初版;《长河》,一九四八年八月初版。

其中《阿金》《神巫之爱》《黑夜》《春》《月下小景》未见于《沈从文研究资料》所载总书目。

"沈从文著作集"封面采用统一样式,以作者幼子沈虎雏所绘简笔画衬底,手书书名,封面右下标示"沈从文著作集之一"。这十三种集子出版后,多有重印,如《边城》有一九四八年三月四版,《神巫之爱》有一九四九年一月五版,《废邮存底》有一九四九年一月五版。后时易世变,沈从文"转业",渐渐退出文坛。一九五三年,他接到开明书店通知:旧版"沈从文著作集"内容已过时,书稿及纸型均已代为销毁。

开明版"沈从文著作集"封面标示"改订本",均由作者亲自编选校订。一方面,选目体现了"作者眼光";另一方面,作者所作具体的文字修订有独特价值。沈从文曾在上海生活书店初版本的《边城》上标注"全集付印时宜用开明印本"。北岳文艺版《沈从文全集》收入了"沈从文著作集"包含的全部篇目，其中《边城》《湘行散记》《湘西》《从文自传》是以开明版作为底本，《长河》《废邮存底》《神巫之爱》是以其他版本为底本。因为《沈从文全集》是以曾经出版的单行本编目，"不同选集若收有同一作品，该作品只编入全集的某一集内，其他选集仅存目备考"，所以"著作集"中的《黑凤集》《春灯集》等六本书未在全集中以原貌出现。

出于种种原因，当年"沈从文著作集"的出版计划虽未能全部实现，但作者的重要作品多已收入。或鉴于其特殊价值，一九七七年香港汇通书店曾全部翻印，未见内地出版社再版。

如上所述，再版"沈从文著作集"既增添了一种较为系统的版本，对于研究者和读者日常阅读，也有特别的意义。

一九三六年五月，沈从文选印了自己的"十年创作集"——《从文小说习作选》，由良友图书公司出版。一九三四年一月十八日，沈从文在给张兆和的信中写道：

我想印个选集了，因为我看了一下自己的文章，说句公平话，我实在是比某些时下所谓作家高一筹的。我的工作行将超越一切而上。我的作品会比这些人的作品更传得久，播得远。我没有方法拒绝。我不骄傲，可是我的选集的印行，却可以使些读者对于我作品取精摘尤得到一个印象。你已为我抄了好些篇文章，我预备选的仅照我记忆到的，有下面几篇：

　　柏子、丈夫、夫妇、会明（全是以乡村平凡人物为主格的，写他们最人性的一面的作品。）

　　龙朱、月下小景（全是以异族青年恋爱为主格，写他们生活中的一片，全篇贯串以透明的智慧，交织了诗情与画意的作品。）

　　都市一妇人、虎雏（以一个性格强的人物为主格，有毒的放光的人格描写。）

　　黑夜（写革命者的一片段生活。）

　　爱欲（写故事，用天方夜谭风格写成的作品。）

　　应当还有不少文章还可用的，但我却想至多只许选十五篇。也许我新写些，请你来选一次。我还打量作个《我为何创作》，写我如何看别人生活以及自己如何生活，如何看别人作品以及自己又如何写作品的经过。你若觉得这计划还好，就请你为我抄写《爱欲》那篇故事。这故事抄时仍然用那种绿格纸，同《柏子》差不多的。这书我估计应当有购者，同时有十万读者。

《从文小说习作选》的出版者赵家璧为此书写的广告中也说：

> 沈从文先生十年来所写的小说，单以数量计，可以说超过任何新文学的成就。这一次应良友之请，把他自己所认为最满意的作品，集成一巨册，包含十几个短篇，一部长篇，一部自传，共计四十万字。喜读从文小说的读者，都不应错过这部书。

《从文小说习作选》所收短篇小说，后分别收入"沈从文著作集"中的《春灯集》《阿金》《黑夜》《春》;《月下小景》《神巫之爱》《从文自传》作为单行本列入"著作集"。加上《从文小说习作选》之外的代表作品《边城》《湘行散记》《湘西》《长河》《废邮存底》，"著作集"基本包含了沈从文的经典作品。

"沈从文著作集"中的《春灯集》《阿金》《黑凤集》《春》等短篇集，所收作品互有重复，如《春灯集》和《春》都收了小说《八骏图》，《阿金》和《黑凤集》都收了《三三》。为了再现"沈从文著作集"的原貌，经慎重考虑，不做篇目调整，一仍其旧。

《边城》等九部作品均以开明版"沈从文著作集"为底本；《阿金》《神巫之爱》《黑夜》《春》以香港汇通版为底本，参校以《从文小说习作选》一九四五年六月再版本。

本书在校订方面尽可能精审。因作者自有其文字风格，各时代均有其语言习惯，为尊重作者及历史，编者除订正个别明显讹误之处外，其余文字均依底本不做改动。

虽已尽力，本书仍可能存在各种问题，期待读者批评指谬。

李建新

二〇二〇年六月

目录

甲辑

沈从文：废邮存底

一
一周间给五个人的信摘录

甲

不要为回忆把自己弄成衰弱东西，一切回忆都是有毒的。

不要尽看那些旧书，我们已没有义务再去担负那些过去时代过去人物所留下的趣味同观念了。在我们未老之前，看了过多由于那些老年人为一个长长的民族历史所困苦融合了向坟墓攒去的道教与佛教的隐遁避世感情，而写成的种种书籍，比回忆还更容易使你"未老先衰"。

乙

大概人是要受一种辖治才能像一个人。不拘受神的、受人的、受法律的、受医生的、受金钱或名誉、受过去权威或未来希望，……多少要一点从外而来或自内而发的限制，他才能够好好的生活下去。"奴性"原是人类一种本能，一个人无所倾心，就不大像一个人了。

失恋使你痛苦也是当然的事，就因为这是你自己选定的主人。这主人初初离开你时，你的自由为你所不习惯，所以女人的印象才折磨到你的灵魂。觉得痛苦，就让它痛苦下去，不要用酒或用别的东西去救济，也用不着去书本上找寻那些哲理名言。酒只是无用处的人和懦弱的人才靠到它来壮胆气的东西，哲理名言差不多完全是别一个人生活过来思索过来后说出的话语，你的经验，应当使你去痛苦，去深深的思索，打发一些日子。唯一的医药还是"时间"。时间使一个时代的人类污点也可以去尽，让时间治疗一下你这个人为失去了"主人"因理性与感情的自由而发生的痛苦，实在太容易了。

丙

你来信尽提到作家，不要羡慕那些作家，还是好好的作你的物理实验罢。

一个写小说的人算什么？他知道许多，想过许多，写了许多，其实就永远不能用他那点知识救济一下他自己。他的工作使他身心皆十分疲劳，他的习惯罚他孤单独立。……他自己永远同一切生活离开，站得远远的，他却尽幻想到人世上他所没有的爱情和其他东西。他是一个拿了金碗讨饭的乞丐。因为各处讨乞什么也得不到，才一面呻吟一面写出许多好梦噩梦到这世界上来。一个健康人的观念，对于这些人是只有"怜悯"的。

丁

决定一个民族的命运，是能用思索的人就目前环境重新去打算，重新去编排，不是仅仅保守那点遵王复古的感情弄得好的。

与其把大部分信仰力量倾心到过去不再存在的制度上去，不如用到一个崭新的希望上去。

不要因为一些在你眼前的人小小牺牲，就把胆气弄小了。去掉旧的，换上新的，要杀死许多人，饿死许多人，这数目应当很大很大！综合成一篇用血写成吓人的账目，才会稍有头绪！

戊

一个女人本来就要你们给她思想她才会思想，给她地位她才有地位，同时用"规则"或"法律"范围她，使她生活得像样一点，她才能够有希望像样一点！

女子自己不是能生产罪过的！上帝造女子时并不忘记他的手续，第一使她美丽，第二使她聪明，第三使她用情男子；上帝毫不忽略已尽了他造人的责任。可是你们男子，办教育的，作丈夫的，以及其他制香料化装品的，贩卖虚荣的，说谎话的，唱戏扮王子小生的，缝衣的，发明鞋子帽子的，……却把女子完全弄堕落了。

廿一年[1]八月（载《现代杂志》）

1　廿一年，即一九三二年。——编者注

二

给一个写诗的

××：　　你寄来的诗都见到了，在修辞方面稍稍有些不统一处，但并不妨碍那些好处。

你的笔写散文似乎比诗方便适宜点。因为诗有两种方法写下去：一是平淡，一是华丽。或在思想上有幻美光影，或在文字上平妥匀称，但同时多少皆得保守到一点传统形式，才有一种给人领会的便利。文学革命意义，并非是"全部推翻"，大半是"去陈就新"。形式中有些属于音律的，在还没有勇气澈底否认中国旧诗的存在以前，那些东西是你值得去注意一下的。"自由"在一个作者观念上，与"漫无限制"稍不相同。胡乱写一点感想，不能算诗，思想混杂信手挥洒写来更不成诗。一个感情丰富的人可以写诗却并不一定写好诗。好诗同你说的那种天才并无关系，却极与生活的体念和工夫有关系。因为要组织，文字在一种组织上才会有光有色。你莫"随便"写诗，诗不能随便写。应当节制精力，蓄养锐气，谨慎认真的写。

我说的话希望并不把你写诗的锐气和豪兴挫去，却能帮助你写它时细心一点。单是文字同思想，不加雕琢同配置，正如其他材料一样，不能成为艺术，你是很明白的。要选择材料，处置它到恰当处，古人说的"推""敲"那种耐烦究讨，永远可以师法。金刚石虽是极值钱的东西，却要一个好匠人才磨出它的宝光来，石头虽是不值钱的东西，也可以由艺术家手上产生无价之宝。一切艺术价值的形成，不是单纯的"材料"，完全在你对于那材料使用的思想与气力。把写诗当成比写创作小说容易的，把写诗当成同写杂感一样草率的，都不容易攀到艺术高处去。因为尽有些路看来很近走去很远的，耐心缺少永远却走不到头。

你的创作小说同你的诗有同样微疵，想找出个共通的毛病，我说它写作时似乎都太"热情"了一点。这种热情除了使自己头晕以外，没有一点好处可以使你作品高于一切作品。在男女事上热情过分的人，除了自己全身发烧做出一些很孩气可笑的行为外，并不会使女人得到什么，也不能得到女人什么。

那些写得出充满了热情的作品的人，都并不是自己头晕的人。我同你说说笑话，这世上尽有许多人本身是西门庆，写《金瓶梅》的或许是一个和女性无缘纠缠的孤老。世上有无数人成天同一个女人搂抱在一处，他们并不能说到女人什么，某君也许从来没有看到过一个光身子女人，他却写了许多由你们看来仿佛就像经验过的荒唐行为。一个作家必需使思想澄清，观察一切体会一切方不至于十分差误。他要"生活"，那只是要"懂"生活，不是单纯的生活。他需要有个脑子，单是脊髓可不成。更值得注意处，是应当极力避去文字表面的热情。我的意见不是反对作品热情，我想告给你的是你自己写作时用不着多大兴奋。神圣伟大的悲哀不一定有一摊血一把眼泪，一个聪明作家写人类痛苦是用微笑表现的。

许多较年青的朋友，写作时全不能节度自己的牢骚，失败是很自然的。那么办，容易从写作上得到一种感情排泄的痛快（恰恰同你这样廿二岁的青年，接近一个女孩子时能够得到精力排泄的痛快一样），成功只在自己这一面，作品与读者对面时，却失败了。

三
给一个写小说的

　　××：　　　前一时因有事不能来光华看热闹，要你等候，真对不起。文章能多写也极好，在目前中国，作者中有好文章总不患无出路的。许多地方都刊登新作品，虽各刊物主持人，皆各有兴味，故嗜好多有不同，并且有些刊物，为营业不得不拖名人，有些刊物有政治作用，更不得不拉名人，对新作家似乎比较疏忽。很可喜的是近来刊物多，若果作者有文章不太坏，此处不行别一处还可想法。也仍有各处碰壁终于无法可想的，也有一试即着的，大致新作品若无勇气去"承受失败"，也就难于"保守成功"，因近来几个"成功"者，在过去一时，也是失败的过来人。依我看，目前情形真比过去值得乐观多了，因作编辑的人皆有看作品的从容和虚心，好编辑并不缺少，故埋没好作品的可说实在很少。不过初写时希望太大，且太疏忽了稍前一点的人如何开辟了这一块地，所用过的是如何代价，一遭失败，便尔灰心，似乎非常可惜。譬如××，心太急，有机会可以把文章解决，也许反而使自己写作受了限制，无法进步了。把"生活"同"工作"连在一处，最容易于毁坏创作成就。我羡慕那些生活比较从容的朋友。我意思，一个作家若"勇于写作"而"怯于发表"，也是自己看重自己的方法，这方法似乎还值得你注意，把创作欲望维持到发表上，太容易疏忽了一个作品其所以成为好作品的理由，也太容易疏忽了一个作者其所以成为好作者的理由。自己拘束了自己，文章就最难写好。他"成功"了，同时他也就真正"失败"了。

作品寄去又退还这是极平常的事，我希望你明白这些灾难并不是新作家的独有灾难，所谓老作家无一不是通过这种灾难。编辑有编辑的困难，值得同情的困难。有他的势利，想支持一个刊物必然的势利。我们尊重旁人，并不是卑视自己。我们要的信心是我们可以希望慢慢的把作品写好，却不是相信自己这一篇文章就怎么了不起的好。如果我们自己当真还觉得需要尊重自己，我们不是应当想法把作品弄好再来给人吗？许多作品，刊载到各刊物上，又印成单行本子，即刻便又为人忘掉了，这现象，就可以帮助我们认明白怯于发表不是一个坏主张。我们爬"高山"就可以看"远景"，爬到那最高峰上去，耗费的气力也应当比别人多。让那些自己觉得是天才的人很懒惰而又极其自信，在一点点工作成就上便十分得意，我们却不妨学伟大一点，把工夫磨炼自己，写出一点东西，可以证明我们的存在，且证明我们不马胡存在。在沈默中努力罢，这沈默不是别的，它可以使你伟大！你瞧，十年来有多少新作家，不是都冷落下来为人渐渐忘记了吗？那些因缘时会攀龙附凤的，那些巧于自画自赞煊赫一时的，不是大都在本身还存在的时候，作品便不再保留到人的记忆里吗？若果我们同他们一样，想起来是不是也得无聊？

我们若觉得那些人路走得不对，那我们当选我们自己适宜的路，不图速成，不谋小就，写作不基于别人的毁誉，而出于一个自己生活的基本信仰（相信一个好作品，可以完成一个真理，一种道德，一些知慧），那么，我们目前即不受社会苛待，也还应当自己苛待自己一点了。自己看得很卑小，也同时做着近于无望的事，只要肯努力，却并不会长久寂寞的。

文学是一种事业，如其他事业一样，一生相就也不一定能有多少成就，同时这事业上因天灾人祸失败又多更属当然的情形，这就要看作者个人如何承当这失败而纠正自己，使它同生活慢慢的展开，也许经得住时代的风雨一点。把文学作企业看，却容许侥幸的投机，但基础是筑在浮沙上面，另一个新趣味一来，就带走了所已成的地位，那是太游戏，太近于"白相的"文学态度了。

白相的文学态度的不对，你是十分明白的。

年人一种不可缺少的德性。做文章呢，不要怕失败。做一切事皆不要怕失败。譬如走路，跌倒了，当然得爬起再走。因某种理想死了，也死得硬朗，做个榜样，让还活着的人填补自己的空处。

最要紧的还是不要因为我说学校教育不合用，就轻视学校教育。学校有学校的好处，不过在学校时做文章的方法，同所谓"创作"稍隔一间罢了。我很羡慕一个人能受大学教育，我尤其尊敬那些能用自己力量不靠家中帮助在大学校念书的人，因为他可以读许多书，知道许多有用的知识！一个人应当知道的太多，能够知道的可太少了，不拼命总不成！此覆并颂安好。

　　　　　　　　　　　废邮存底

五
给某教授

×× 先生：

　　从 ×× 处知道您近来看了《文艺》上一篇小说心中很不高兴。小说上提到自杀问题，恋爱问题。据说那小说讽刺了您，同时还讽刺了另一人。这小说原是我作的，使您痛苦我觉得抱歉。我更应当抱歉的，还是我那文章本来只在诠释一个问题，即起首第二行提到的"爱与惊讶"问题，写它时既不曾注意到您，更不是嘲笑到您，您似乎不大看得明白，正如我文中一提和尚秃鹙，天下和尚皆生气一样，就生了气。我目的在说明"爱与美无关，习惯可以消灭爱，能引起惊讶便发生爱"。我于是分析它，描写它，以刘教授作主人，第一先写出那家庭空气，太太的美丽，其次便引起一点闲话，点明题目，再其次转到两夫妇本身生活上来，写出这个教授先生很幸福；自己或旁人皆得承认这幸福，离婚与自杀与他连接不上。然而来了一点凑巧的机会，他到公园去，看见一个女孩子，听了一个故事，回家去又因为写一篇文章，无结果的思索，弄得人极疲倦，于是也居然想到自杀。太太虽很美丽，却不能激动他的心。幸福生活有了一个看不见的缺口，下意识他爱的正是那已逝去的与尚未长成的，至于当前的反而觉得平凡极了。先就用毋忘我草作对话，正针对那个男子已忘了女人。若说这是讽刺，那讽刺到的也正是心理学教授刘，与您无关。想不到文章一枝一节上提出个社会普遍型的人物时，恰恰正中了您。

我给您写这个信的意思，就是劝您别在一个文学作品里找寻您自己，折磨你自己，也毁坏了作品艺术价值。其中也许有些地方同您相近，但绝不是骂您讽您。我写小说，将近十年还不离学习期间，目的始终不变，就是用文字去描绘一角人生，说明一种现象，既不需要攻击谁，也无兴味攻击谁。一个作品有它应有的尊严目的，那目的在解释人类某一问题，与讽嘲个人的流行幽默相去实在太远了。您那不愉快只是您个人生活态度促成，我作品却不应当负责的。

我们虽然不大相熟，我倒常常心想，像我这种人也许算得是最能领会您在社会上在生活上所演悲剧痛苦的人。一、因为我是个从事文学创作在人类生活上探险的人，一切皆从客观留心，一切不幸的人皆能分析它不幸原因；二、因为我天性就对于一切活人皆能发生尊敬与同情，从不知道有什么敌人。您许多地方似乎同社会隔了一间，理解您的人，总会觉得您很天真很可爱，不理解您的人呢，您自然不会从他们得到公平待遇的。社会上多的是沾沾自喜的小聪明人，因此您无处不碰壁，无时不在孤立无助情形中。您虽有不少同事，不少朋友，不少女人，可是在他们眼中，您显得如何可怜啊！您的行为，您的打算，又如何与那个真的世界离远啊！觉得您人很真实，很可爱，也觉得您生活不如意代为扼腕的，未尝无人，不过这些人也许不称赞您的旧诗，不同情您的痛苦，甚至于更不欢喜您某种生活态度，您无从知道那些好朋友罢了。

您在生活上与心灵上的悲剧，也许是命定的，远近亲疏朋友皆无法帮忙的。就因为您既不明白自己，更不明白别人。您要朋友，好朋友没有多少；要女人，好女人永远不易对您发生兴味。您读了许多书，这些书既不能调和您的感情，使您作人处世保持常态，又不能扩大您的人格，使您真的超然物外，洒脱豪放，不拘小节。您读儒家的典籍，儒家中庸与勇于维护真理体会人情的精神您得不到，您欢喜浪漫文学，浪漫文学解放人的全部心灵，却不曾将您解放。一切书不能帮助您，使您聪明一点，大派一点，只是束缚您；紧紧的束缚您。结果弄得您这样办不妥，那样办又不成，要活下去可不知道怎么样活下去，要死更不能死。总觉得这世界太不好，社会太坏，自己太受委屈。于是不可免的多疑，小气，支配了全部生活。再继续下去，幸而好，机会来时若遇着一个比较老实的女子，结了婚，一份安静家庭生活或者结束了您的悲剧。若不幸，您遇到的女子还是不能对您发生兴味的女子，永远还是摇摇头走开了，您却仍然作出一些引人发笑的故事，到被人注意后您又难过，末了您当然不是发疯就得自杀。

　　　　　　　　　　　　　　废邮存底

我的年龄学问比你少得多，可是对于观察人事或者"冷静"一点也就"明白"一点。我很同情您，且真为您担心。从您看我小说而难过一件事说来，可以知道您看书虽多，却只能枝枝节节注意；对于自己恋爱或教书有关的便十分注意，其余不问。您看书永远只是往书中寻觅自己，发现自己，以个人为中心，因此看书虽多等于不看。（无怪乎书不能帮助您）对于人，您大致也用的是这种态度，对您稍好就觉得中意，与您生活态度略不相同就弄不来；且在许多机会中被你当成仇敌。先生，这怎么成？心理学，社会学，哲学或历史，任何一本书皆会告您人与人之间的"差别"与"雷同"。必承认它方能生存，必肯定它方能生存得更合理更有价值。如今任何书似乎皆不能帮助您，因为您有病。这种病属于生理方面，影响到情绪发展与生活态度，它的延长是使您的理性破碎。治这种病的方法有三个：一是结婚，二是多接近人一点，用人气驱逐你幻想的鬼魔，常到××，××，与其他朋友住处去放肆的谈话，排泄一部分郁结。三是看杂书，各种各样的书多看一些，新的旧的，严肃的与不庄重的，全去心灵冒险看个痛快，把您人格扩大，兴味放宽。我不是医生，不能乱开方子，但一个作者若同时还可以称为"人性的治疗者"，我的意见值得你注意。

九月十三（载《大公报·文艺》）

六
谈创作

有人问我"怎样会写'创作'？"真是一个窘人的题目。想了很久，我方能说出一句话；我说："因为他先'懂创作'。"问的于是也仿佛受了点儿窘，便走开了。

等待到这个很诚实的年青人走后，我就思索我自己所下的那个字眼儿的分量。我想明白什么是"懂创作"，老实说，我得先弄明白一点，将来也省得窘人以后自己受窘。

就一般说来，大家读了许多书，或许记忆好些的书，还能把某一书里边最精彩的一页，背诵如流，但这个人却并不是个懂创作的人。有些人会做得出动人的批评，把很好的文章说得极坏，把极坏的文章说得很好，但也不能称为懂创作的人。一个懂创作的人，他应当看许多书，但并不需记忆一段两段书。他不必会作批评文字，每一个作品在他心中却有一个数目。他最要紧的是从无数小说中，明白如何写就可以成为小说，且明白一个小说许可他怎么样写。起始，结果，中间的铺叙，他口上并不能为人说出某一本书所用的方法极佳，但他知道有无数方法。他从一堆小说中知道说一个故事时处置故事的得失，他从无数话语中弄明白了说一句话时那种语气的轻重。他明白组织各种故事的方法，他明白文字的分量。是的，他最应当明白的是文字的分量。同时凡每一句话，每一个标点，他皆能检选轻重得当的去使用。为了自己想弄明白文字的分量，他得在记忆里收藏了一大堆单字单句。他这点积蓄，是他平时处处用心，从眼睛里从耳朵里装进去的。平常人看一本书，只需记忆那本书故事的好坏，他不记忆故事。故事多容易，一个会创作的人，故事要它如何就如何，把一只狗写得比人还懂事，把一个人写得比石头还笨，都太容易了。一创作者看一本书，他留心的只是"这本书如何写下去，写到某一件事，提到某一点气候同某一个人的感觉时，他使用了些什么文字去说明。他简单处简单到什么程度，相反的，复杂时又复杂到什么程度。他所说的这个故事，所用的一组文字，是不是合理的？……他有思想，有主张，他又如何去表现他这点主张？"

一个创作者在那么情形下看各种各样的书，他一面看书，一面就在那里学习经验那本书上的一切人生。放下了书本，他便去想。走出门外去，他又仍然与看书同样的安静，同样的发生兴味，去看万汇百物在一分习惯下所发生的一切。他并不学画，他所选择的人事，常如一幅凸出的人生活动画图，与画家所注意的相暗合。他把一切官能很贪婪的去接近那些小事情，去称量那些小事情在另外一种人心中所有的分量，也如同他看书时称量文字一样。他喜欢一切，就因为当他接近他们时，他已忘了还有自己的身分存在。

简单说来，便是他能在书本上发痴，在一切人事上同样也能发痴。他从说明人生的书本上，养成了对于人生一切现象注意的兴味，再用对于实际人生体验的知识，来评判一个作品记录人生的得失。他再让一堆日子在眼前过去，慢慢的，他懂创作了。

目下有若干作家如何会写得出小说，他自己也就说不明白。但旁人可以看明白的，就是这些人一切作品皆常常浮在人事表面上，受不了时间的选择。不管写了一堆作品或一篇作品，不管如何善于运用作品以外的机会，很下流的造点文坛消息为自己说说话，不管如何聪敏伶巧的把自己作品押在一个较有利益的注上去，还是不成。在文字形式上，故事形式上，人生形式上，所知道得都太少了。写自己就极缺少那点所必需的能力。未写以前就不曾很客观的来学习过认识自己，分析自己，批评自己。多数作家的思想皆太容易转变了，对自己的工作实缺少了一点严格的批评，反省。从这样看来，无好成绩是很自然的。

我自己呢，是若干作者中之一人，还应当去学，还应当学许多。不希望自己比谁聪明，只希望自己比别人勤快一点，耐烦一点。

（载《文学》）

七
致《文艺》读者

　　十五年以来，随了中国新文学的发展，有两个极无意思的名词，第一个是"天才"，第二个是"灵感"。两个名词虽从不为有识者所承认，但在各种懒人谬论中，以及一般平常人意见中，莫不可以看出两个胡涂字眼儿的势力存在。使新文学日趋于萎瘁，失去健康，转入个人主义的乖僻；或字面异常奢侈，或字面异常贫俭，大多数作品，不是草率平凡，便是装模作样的想从新风格取得成功，内容莫不空空洞洞：原因虽不止一端，最大的原因，实在就是一般作者被这两个名词所毒害，因迷信而失去理性的结果。

作者间对于"天才"怀了一种迷信，便常常疏忽了一个作者使其伟大所必需的努力；对于"灵感"若也同样怀了一种迷信，便常常在等候灵感中把日子打发走了。

　　成名的作者因这点迷信而成的局面，是作品在量上希奇的贫乏。仿佛在自觉"天才已尽""灵感不来"的情形中，大多数作者皆搁了笔。为这搁笔许多年轻人似乎皆很不安，其实这并不是可忧虑的事情。因这种迷信，将使他们本人与作品皆宜乎为社会忘去，且较先一时，他们或即有所写作，常常早就忘了社会的。一个并不希望把自己的力量渗入社会里面去的人，凭一点儿迷信，使他们活得窄一些，同时也许就正可以使他们把对于人类的坏影响少一些。他们活着，如小缸中一尾金鱼很俨然的那么活着，到后要死了，一切也就完事了。金鱼生存的时节，只在炫人眼目，许多人也欢喜金鱼。既然有人因迷信愿意去作金鱼，照我想来，尽他们在不拘什么样子的缸里去生活，我们也应当把他们当金鱼看待，莫希望他们太多，他们的生活态度，大多数人也不必十分注意的。

　　但一些还未成名的或正预备有所写作的，若不缺少相似的迷信时，却实在十分可惜。因为这些人若知道好好的如何去发展自己，他们的好作品，也正可以如另一时或另一国度一般好作品样子，能在社会民族方面发挥极大极良好影响的，但这些人若尽记着"天才"两个字，便将养成一种很坏的性格，对于其他作品，他明白是很好的，他必以为那是天才产生的东西，他作不到，就不肯努力去作。那作品他觉得不好，在社会上又正是大多数人所需要的，他会以为这作品所表现的并无天才，只是人工，他又不屑于努力去作。他作出来自以为很好，却不能如别人作品一般成功时，他便想起"天才历来很少为人认识"的一句旧话，自欺自慰下去。他摹仿了什么人的文章，写成了一篇稍稍像样东西，为了掩饰他的摹仿处，有机会给他开口时，他又必说："这是我……"自然的，说这句时他不会用"天才"字样，或许说得是另外一个字眼，还说得很轻，但他意思却在告人那成就"应由天才负责！"这些人相信天才的结果，是所谓纪念碑似的作品，永无机会可以希望从他们手中产生。这些人相信天才以外还相信灵感，便使他们异常懒惰起来，因为在任何懒惰情形下，皆可以用"灵感不来"作为盾牌，挡着因理性反省伴同而来的羞耻与痛苦。

对于中国新文学怀了一种期待，很关心它的发展，且计算到它发展在社会方面的得失的，自然很有些人。这些人或尝从论文上，反复说明作者思想倾向的抉择，或把希望放在更年青一点的作家方面去。其实一切理论毫无裨于伟大作品的产生。一个有迷信无理性的民族，也许因迷信而凝聚了这个民族的精力，还能产生点大东西，至于一个因迷信而弄懒惰了的作家，还有什么可以希望？

中国目前指示作家方向理论文学的已够多了，却似乎还无一篇理论文章指示到作家做"人"的方法。倘若有这种人来作这种论文，我建议起始便应当说：

人类最不道德处，是不诚实与懦怯。作家最不道德处，是迷信天才与灵感的存在；因这点迷信，把自己弄得异常放纵与异常懒惰。……

二十年[1]十二月二十六（载《大公报·文学》）

———————————

1 二十年，即一九三一年。——编者注

八
元旦日致《文艺》读者

　　在前文中，我说到作者间因迷信而成为异常懒惰的一件事情。这懒惰倘若别作诠释，另外是不是找得出一个原因？为了把作者本身错误减轻一点，我们似乎还可以要历史去负一点儿责任。

　　一个民族已经那么敝旧了，按照过去的历史而言，则哲学的贫困与营养不足，两件事莫不影响到我们这个民族的生存态度。号称黄帝冢嗣的我们，承受的既是个懒惰文化，加上三千年作臣仆的世故，思想皆浮在小小人事表面上爬行，生活皆无热无光，是一件自然而然的事情。我们第一件事胃口就不好。我们做什么总没有气力。我们多数人成天便仿佛在打盹里过日子。我们的懒惰，可以说是曾祖著的书，祖父穿的衣服，爸爸吃的东西的结果。作家天生就有个容易在"天才""灵感"这些字眼儿上中毒的气质，因迷信而更其懒惰，也是必然的事！

或人将说：

"欧洲许多有识的历史学家，莫不称赞我们民族是个能够忍劳耐苦稀有的民族。同时我们自己对于中国农村若多具一分理解，也必能够认识我这本国的农民，是一种如何不懒惰的农民！"

是的，不独从外人论断以及自己观察，对于农民皆可以得到个乐观的结论。便是一个美国留学生，他也会告诉我们，中国大学生在美国学习什么时，在功课上如何不让于人。一个上海人，也会就说上海乐华足球队，在国际赛时所取得的光荣。一个稍有内战经验的军官，他还会用他的名誉，证明他所参加的内战，凡是一切兵士，在壕沟边作战时，是一种如何勇于牺牲的英雄！农民，留学生，乐华足球队员，以及万千的兵士，他们的勤苦，聪明，活泼，勇敢，谁能怀疑，谁能否认？

但这些人对于目前的中国有什么用处？

中国成为问题的，不是农民不愿耕田，却是大多数农民无田可耕。不是留学生不配作一个美国或英国好公民，却是这些人留学回来不知如何来作一个中国目前所需要的好公民。……不是足球队员无能，更不是兵士懦弱。明明白白的只是大部分有理性的人皆懒于思索！人人厌烦现状，却无人不是用消极的生活态度，支持现状。人人皆知道再想敷衍下去实在敷衍不下去，却无人愿从本身生活起始，就来改变一下，大家皆俨然明白国际压力与国内一塌糊涂的情形，使这个民族已堕落到一个不可希望的悲惨境遇里去，因此大家便只有混着活下去一个办法，结束自己，到自己死亡时，仿佛一切也就完事了。

这些独善其身的君子，大家且俨然以为一切现在坏处的责任，应由帝国主义的侵略，鸦片烟的流毒去担负，此后民族复兴的责任，也就应由帝国主义者的觉悟，与鸦片烟自己的觉悟，方能弄好的。在这里我用了个"鸦片烟自己觉悟"的名词，并没有什么错误。我们只看看国内所有知识阶级对于这种毒物流行的漠视态度，如何近于相信"鸦片烟自己会觉悟！"

事实上则所谓帝国主义与鸦片烟，极"左"倾的残杀与极右倾的独裁，农村破产与土匪割据，……一切现存的坏处，虽可以由历史上的人物，书本，饮食，各种东西去负责，但这个民族未来的存亡，却必需由我们活到这地面上的人来负责的。如今老年人好像已不能为后人思索，年轻人又还不会来为自己思索，有知识有理性的中坚份子，则大多数在不敢思索情形中鬼混下去，这样一个国家，纵想在地球上存在，还配在地球上存在下去吗？

在多数愚人心目中，皆希望一个奇迹；来一个领袖，来一个英雄，把全国民族命运皆交给这样一个人。且皆由于愚昧，由于其他一片地面所有领袖作出的事业，得到一个证据，皆期待这样一个人，以为这样一个人有一天终会来到的。

一个作者天才的迷信，既可以在他本身生活中发生懒惰的影响，倘若把这点迷信移植到一个其他人物方面去时，也必依然使他懒惰，发出种种懒惰的谬论，与懒惰的人生观，因这种人生观去期望一个主人或一种政体，且依赖到这个希望异常懒惰活下去。

在这样情形下，我们实在需要些作家！一个具有独立思想的作家，能够追究这个民族一切症结的所在，并弄明白了这个民族人生观上的虚浮，懦弱，迷信，懒惰，由于历史所发生的坏影响，我们已经受了什么报应，若此后再糊涂愚昧下去，又必然还有什么悲惨场面；他又能理解在文学方面，为这个民族自存努力上，能够尽些什么力，且应当如何去尽力。

我们实在是很需要作家的。这作家他最先就必是个无迷信的人。他不迷信自己是天才，也不迷信某一种真命天子一个人就可以使民族强大起来。他明白自己在这社会上的关系，在他作品上，他所注意的，必然是对于现状下一切坏处的极端憎恨，而同时还能给读者一个新的人格的自觉。他努力于这种作品产生，就为得是他还明白，只有从这种作品上，方能把自己力量渗入社会里去！

我们需要的是这种朴实作家。倘若我们还相信文学可以修正这个社会制度的错误，纠正这个民族若干人的生活观念的错误，使独善其身的绅士知耻，使一切迷信不再存在，使……缺少这种作家，是不能产生我们所理想的这种作品的。

二十三年[1]元月。

---

1 二十三年，即一九三四年。——编者注

九
我的写作与水的关系

在我一个自传里，我曾经提到过水给我的种种印象。檐溜，小小的河流，汪洋万顷的大海，莫不对于我有过极大的帮助，我学会用小小脑子去思索一切，全亏得是水，我对于宇宙认识的深一点，也亏得是水。

"孤独一点，在你缺少一切的时节，你就会发现原来还有个你自己。"这是一句真话。我有我自己的生活与思想，可以说是皆从孤独得来的。我的教育，也是从孤独中得来的。然而这点孤独，与水不能分开。

年纪六岁七岁时节，私塾在我看来实在是个最无意思的地方。我不能忍受那个逼窄的天地，无论如何总得

废邮存底

想出方法到学校以外的日光下去生活。大六月里与一些同街比邻的坏小子，把书篮用草标各作下了一个记号，搁在本街土地堂的木偶身背后，就洒着手与他们到城外去，攒入高可及身的禾林里，捕捉禾穗上的蚱蜢。虽肩背为烈日所烤炙，也毫不在意。耳朵中只听到各处蚱蜢振翅的声音，全个心思只顾去追逐那种绿色黄色跳跃伶便的小生物。到后看看所得来的东西已尽够一顿午餐了，方到河滩边去洗濯，拾些干草枯枝，用野火来烧烤蚱蜢，把这些东西当饭吃。直到这些小生物完全吃尽后，大家于是脱光了身子，用大石压着衣裤，各自从悬崖高处向河水中跃去。就这样泡在河水里，一直到晚方回家去挨一顿不可避免的痛打。有时正在绿油油禾田中活动，有时正泡在水里，六月里照例的行雨来了，大的雨点夹着吓人的霹雳同时来到，各人匆匆忙忙逃到路坎旁废碾坊下或大树下去躲避，雨落得久一点，一时不能停止，我必一面望着河面的水泡，或树枝上反光的叶片，想起许多事情。……所捉的鱼逃了，所有的衣湿了，河面溜走的水蛇，钉固在大腿上的蚂蝗，碾坊里的母黄狗，挂在转动不已大水车上的起花人肠子，因为雨，制止了我身体的活动，心中便把一切看见的经过的皆记忆温习起来了。

也是同样的逃学，有时阴雨天气，不能向河边走去，我便上山或到庙里去，在庙前庙后树林或竹林里，爬上了这一株，到上面玩玩后，又溜下来爬另外一株，若所爬的是竹子，必在上面摇荡一会，爬的是树木，便看看上面有无鸟巢或啄木鸟孵卵的孔穴。雨落大了，再不能作这种游戏时，就坐在楠木树下或庙门前石阶上看雨。既还不是回家的时候，一面看雨一面自然就需要温习那些过去的经验，这个日子方能发遣开去。雨落得越长，人也就越寂寞。在这时节想到一切好处也必想到一切坏处。那么大的雨，回家去说不定还得全身弄湿，不由得有点害怕起来，不敢再想了。我于是走到庙廊下去为作丝线的人牵丝，为制棕绳的人摇绳车。这些地方每天照例有这种工人作工，而且这种工人照例又还是我很熟习的人。也就因为这种雨，无从掩饰我的劣行，回到家中时，我便更容易被罚跪在仓屋中。在那间空洞寂寞的仓屋里，听着外面檐溜滴沥声，我的想像力却更有了一种很好训练的机会。我得用回想与幻想补充我所缺少的饮食，安慰我所得到的痛苦。我因恐怖得去想一些不使我再恐怖的生活，我因孤寂又得去想一些热闹事情方不至于过分孤寂。

到十五岁以后，我的生活同一条辰河无从离开，我在那条河流边住下的日子约五年。这一大堆日子中我差不多无日不与河水发生关系。走长路皆得住宿到桥边与渡头，值得回忆的哀乐人事常是湿的。至少我还有十分之一的时间，是在那条河水正流与支流各样船只上消磨的。从汤汤流水上，我明白了多少人事，学会了多少知识，见过了多少世界！我的想像是在这条河水上扩大的。我把过去生活加以温习，或对未来生活有何安排时，必依赖这一条河水。这条河水有多少次差一点儿把我攫去，又幸亏他的流动，帮助我作着那种横海扬帆的远梦，方使我能够依然好好的在人世中过着日子！

再过五年，我手中的一枝笔，居然已能够尽我自由运用了，我虽离开了那条河流，我所写的故事，却多数是水边的故事。故事中我所最满意的文章，常用船上水上作为背影，我故事中人物的性格，全为我在水边船上所见到的人物性格。我文字中一点忧郁气分，便因为被过去十五年前南方的阴雨天气影响而来，我文字风格，假若还有些值得注意处，那只因为我记得水上人的言语太多了。

再过五年后，我的住处已由干燥的北京移到一个明朗华丽的海边。海既那么宽泛无涯无际，我对人生远景凝眸的机会便较多了些。海边既那么寂寞，他培养了我的孤独心情。海放大了我的感情与希望，且放大了我的人格。

（载《我与文学》）

十

风雅与俗气

　　××先生：你的信从××转来，已收到了。谢谢你。你想要明白的消息，我不是个文坛消息家，对不起，没有可告你的。这些事你最好还是问上海方面的熟人。你想知道左倾批评家某某集子刚出却又传说作了×××，也得向他们打听。你想知道我对于幽默文章的意见，我这个乡下人懂什么幽默？我同你一样，也看了许多这种刊物的第一篇文章，那文章说明过幽默对于个人与社会的价值。对于他们究竟有多大价值，我或者比你知道的更少。

　　去年秋天某一天，我家中院子里大槐树下，有一只小小甲虫爬行。为了这小生物在阳光中有一点眩目的金光，便引起同我在院中散步的朋友某某先生注意。他很沈静的看了那甲虫约五分钟，眼睛方离开它。到后我就同这朋友出门去理发，他告给我东城某某理发馆有个技师，手艺真很可观。我服从了他的提议，同过东城去试一试。到了那里他还让我占先，自己却一直等候下去。你应当知道，我这个朋友平时是个不胡乱浪费时间的人，这一次可并不埋怨时间花得太多。前些日子这朋友又来我家拜年，见我桌上有个小小铜炉。这东西色泽形体皆美丽得很，在应用方面，若把它当作一个烟灰碟子，似乎正十分合用。他爱上了它，我明白，因此有一天，我就尽他捎去，于是搁到他书房里成为桌上烟具之一了。

从几件小事上看来，皆可证明我那朋友不是个不讲究艺术不认识美的人。

然而这个朋友当他同我讨论到文学时，对于一个作品在词藻上与组织上的价值，却加以轻视。他同许多人一样，某一时节会成为很前进的人物，就是当他"不甘落伍"时。他说他疑惑文学形式的美能有多少价值。他认为好的文学作品重在有思想，有目的，有意义。一个作品若具备上述三个条件，不必需何等技巧，也可以成为一个伟大作品。很可惜关于这一点他并不详细为我解释，这伟大作品没有组织与文字上的技巧，如何还能伟大的理由，还能使读者承认它为伟大而受感动的理由。他也许故意含胡其辞，对于他立论方便一些。

在政治意见上，我这个朋友很相信统一中国需要实力，他不否认用武力巩固中央的基础，推行当前的政治。若我的观察不错，我相信他还更赞同用一种新的武力，来推翻旧的一切。然而，就正当谈论到这里时，我问他："你同意思想统治，是不是？莫说统治罢。把文学积极的赞美某一种新的道德与制度，否认另一种旧的道德与制度，是不是可能的？文学是不是宜于用来解释一个社会的理想？请你告我一点意见。"我以为他一定说"是，可能"。谁知他却红着颈脖说："这是妄人的打算。把文学附庸于一个政治目的下，或一种道德名义下，不会有好文学。用文学说教，根本已失去了文学的意义了。文学作品不能忍受任何拘束，惟其不受政治或道德的拘束，作者只知有他自己的作品，作品只注意如何就可以精纯与完美，方有伟大作品产生！"他说明他这分态度时，辞令比我记在这儿的似乎还动人些。这朋友在辞令上或审美观念上，原皆可以称为一个风雅人。这时节，明明白白，他不同意把文学粘上商业功利意味了。

且试把朋友前后两种议论加以比较，就可明白我这个朋友原来矛盾得很。这矛盾反映他个人对于当前社会的态度。这个人的人生观原来是：在一切享用上，他不否认美，不拒绝美。至于论及文学时，他的意识却被一个流行观念所控制，把文学看得同其余艺术不一样。以为文学不需要"艺术"了。不需要艺术，有勇气嘲笑文学上的技巧，能给文学一个新的观念，自然很好。然而欲把文学在卫道致用方面搁下，与实际问题接近时，一个古旧的观念在朋友心中又发生了影响。他或许会想到：文学同道德或政治联合起来，一个作品邀求一种用途，或为某种用途产生作品，仿佛太"俗气"了。一定的，他觉得"俗气"了。谁不害怕"俗气"？何况俗气以外还不免有意外危险与麻烦。于是我那朋友又一变而为艺术至上主义者了。这矛盾不止为朋友所独有，他不能专美，目前的中国，与他差不多的人太多了。在作家间这种矛盾尤显然存在。

废邮存底

中国近两年来产生了约二十种幽默小品文刊物，就反映作家间情感观念种种的矛盾。（这类刊物的流行，正说明这矛盾如何存在于普遍读者群）这些人一面对于文章风格体裁的忽视与鄙视，便显得与流行文学观并不背道而驰。这方面幽默一下，那方面幽默一下，且就证实了这也是反抗，这也是否认，落伍不用担心了。另一面又有意无意主张把注意点与当前实际社会拖开一点，或是给青年人翻印些小品文籍，或作点与这事相差不多的工作，便又显得并不完全与传统观念分道扬镳。（这些人若觉得俗气对于他有好处，当然不逃避这种俗气，若看准确风雅对于他也有方便处，那个方便自然也就不轻易放手！）因此一来，作者既常常是个有志之士，同时也就是个风流潇洒的文人。谁不乐意作个既风雅又前进的文人？许多人对于幽默小品文刊物的流行，或觉得希奇，或独怀杞忧，其实它的发展，存在，皆很自然，明白这道理也就不用希奇不必担心了。

我那朋友个人长此矛盾下去，养成了他每天读幽默刊物的习惯。除此以外还欢喜看看木傀儡的小丑戏，看一个小小木人，在小戏台旁木架上剥剥剥的碰着那颗木头。大致两样东西皆可以使他容易过日子一些。那朋友我以为不妨尽他那么活下去，到腐烂为止。他自己说假若他当真厌倦了每天吃喝，厌倦了上床下床洗脸刷牙齿，有一天也许会自杀的，我不相信这种人会自杀，因为木傀儡戏同幽默文学在中国还容易见到。

至于充满矛盾那一群神经衰弱，害胃病痨病，软骨病而装疯的作家们呢？他们是再活上那么一年，发舒发舒性灵，投掷两下匕首，把日子混下去，还是尚可希望变更一个方法，把自己工作同生活在一分极澈底的新方式中试试看？等等看罢。

我以为一个民族若不缺少有勇气，能疯狂，澈底顽固或十分冒失的人，方可希望有伟大作品产生。幽默刊物综合作成的效果，却将使作家与读者不拘老幼皆学成貌若十分世故，仿佛各人皆很聪明，很从容，对一切恶势力恶习气抱着袖手旁观的神气。在黑暗中他们或许也会向所谓敌人抓一把捏一把，且知道很敏捷的逃避躲开，不至吃亏。但人人都无个性，无热情，无胡涂希望与冒险企图，无气魄与傻劲。照这样混下去，这民族还能混个几年？纵能长此混下去，又有个什么希望可言？从这方面希望有些纪念碑似的作品产生，那是很不合理的。

"迷信"使人简单，他比"世故"对于人类似乎还有用些。我们对于鬼神之力的迷信，时代算已过去了。然而如果能够把这种迷信或所谓"宗教情绪"，转而集中在人事方面，却并不是一种无意义的努力。作者若真有这种迷信，事实上他那作品也就可以希望成为符咒之一种，使多数人受其催眠，或为之兴奋，对于人的能力发生信仰，产生变革，得到进步。说简单一点，就是作家只要不怕"俗气"，敢把他的作品预备作为未来光明颂歌之一页，倾心于那个"明日"，肯为"大多数人如何可以活下去"打算打算，他的目前工作即或十分幼稚，不妨事的。（文学作品本许可保留一个人类向前的憧憬：进步的憧憬。目前所受的限制，迫害与嘲笑，皆只是目前的事！）一个青年人，若感情还不曾被"幽默"或"世故"所阉割，且不欲居于这种阉割之列，他自会有所迷信，尽那迷信支配自己，且能在迷信中生龙活虎的活下去，写下去。

你来信说有几个朋友想找我谈谈，如像先前所说那种矛盾的朋友，我有一个觉得很毂了。至于那种俗气而迷信的青年人呢，我很愿意各处皆可碰着他们。这是一种精神上武装的国民，我欢喜这种不懂风雅不怕俗气的朋友。

　　此候安好。

十一
情绪的体操

先生：

　　我接到你那封极客气的信了，很感谢你。你说你是我作品唯一的读者，不错。你读得比别人精细，比别人不含胡，我承认。但你我之间终有种距离，并不因你那点同情而缩短。你讨论散文形式同意义，虽出自你一人的感想，却代表了多数读者的意见。

　　我文章并不骂谁讽谁，我缺少这种对人苛刻的兴味。我文章并不在模仿谁，我读过的每一本书上的文字我原皆可以自由使用。我文章并无何等哲学，不过是一堆习作，一种"情绪的体操"罢了。是的，这是一种"体操"，属于精神或情感那方面的。一种使情感"凝聚成为渊潭，平铺成为湖泊"的体操。一种"扭屈文字试验它的韧性，重捶文字试验它的硬性"的体操。你厌烦体操是不是？我知道你觉得这两个字眼儿不雅相，不斯文。它使你联想到铁牛，水牛。那个人的体魄威胁了你。你想到青年会，柚木柜台里的办事人，一点乔装的谦和，还有点儿俗，有点儿谄媚。你想起"美人鱼"，从相片上看来人已胖多了。……

可是，你不说你是一个"作家"吗？不是说"文字越来越沈，思想越来越涩"？

先生，一句话：这是你读书的过错。你的书本知识可以吓学生，骗学生，却不能帮助你写一个短短故事，达到精纯完美。你读的书虽多，那一大堆书可不消化，它不能营养你反而累坏了你。你害了精神上的伤食病。脑子消化不良，晒太阳，吃药，皆毫无益处。你缺少的就正是那个情绪的体操！你似乎简直就不知道这样一个名词，以及它对于一个作家所包含的严重意义。打量换换门径来写诗？不成。痼疾还不治好以前，你一切设计皆等于白费。

你得离开书本独立来思索，冒险向深处走，向远处走。思索时你不能逃脱苦闷，可用不着过分担心，从不听说一个人会溺毙在自己思索里。你不妨学学情绪的散步，从从容容，五十米，两百米，一哩，三哩，慢慢的向无边际一方走去。只管向黑暗里走，那方面有的是眩目的光明。你得学控驭感情，才能够运用感情。你必需静，凝眸先看明白了你自己。你能够冷方会热。

文章风格的独具，你觉得古怪，觉得迷人，这就证明你在过去十年中写作方法上精力的徒费。一个作家在他作品上制造一种风格，还不是极容易事情？你读了多少好书，书中什么不早先提到？假若这是符咒，你何尝不可以好好地学一学，自己来制作些符咒？好在我还记起你那点"消化不良"，不然对于你这博学而无一能真会感到惊奇。你也许过分使用过了你的眼睛，却太吝啬了你那其余官能。谁能否认你有个魂灵，但那是发育不全的灵魂。你文章纵努力也是永久贫乏无味。你自己比别人许更明白那点糟处，直到你自己能够鼓足勇气，来在一个陌生人面前承认，请想想，这病已经到了什么样一种情形！

一个习惯于情绪体操的作者，服侍文字必觉得比服侍女人还容易。因为文字能服从你自己的"意志"，只要你真有意志。至于女人呢？她乐于服从你的"权力"。也许……得了，不用提。你的事恰恰同我朋友××一样：你爱上艺术他却倾心了一个女人。皆愿意把自己故事安排得十分合理，十分动人。皆想接近那个"神"，皆自觉行为十分庄严，其实处处却充满了呆气。我那朋友到后来终于很愚蠢的自杀了，用死证实了他自己的无能。你并不自杀，只因为你的失败同失恋在习惯上是两件事。你说你很苦闷，我知道你的苦闷。给你很多的同情可不合理，世界上像你这种人太多了。

　　你问我关于写作的意见，属于方法与技术上的意见，我可说的还是劝你学习学习一点"情绪的体操"，让它把你十年来所读的书消化消化，把你十年来所见的人事也消化消化。你不妨试试看。把日子稍稍拉长一点，把心放静一点。到你能随意调用字典上的文字，自由创作一切哀乐故事时，你的作品就美了，深了，而且文字也有热有光了。你不用害怕空虚，事实上使你充实结实还靠得是你个人能够不怕人事上"一切"。你不妨为任何生活

　　　　　　　　　　　　　　　　　　　　废邮存底

现象所感动，却不许被那个现象激发你到失去理性。你不妨挥霍文字，浪费词藻，却不许自己为那些华丽壮美文字脸红心跳。你写不下去，是不是？照你那方法自然无可写的。你得习惯于应用一切官觉，就因为写文章原不单靠一只手。你是不是尽嗅觉尽了他应尽的义务，在当铺朝奉以及公寓伙计两种人身上，辨别得出他们那各不相同的味儿？你是不是睡过五十种床，且曾经温习过那些床铺的好坏？你是不是……？

你嫌中国文字不够用，不合用，别那么说。许多人皆用这句话遮掩自己的无能。你把一部字典每一页皆翻过了吗？很显然的，同旁人一样，你并不作过这件事。你想造新字；描绘你那新的感觉，这只像是一个病人欺骗自己的话语。跛了脚，不能走动时，每每告人正在设计制造翅膀轻举高飞。这是不切事实的胡说，这是梦境。第一你并没有那个新感觉，第二你造不出什么新符咒。放老实点，切切实实治一治你那个肯读书却被书籍壅塞了脑子压断了神经的毛病！不拿笔时你能"想"，不能想时你得"看"，笔在手上时你可以放手"写"，如此一来，你的大作活泼起来了，放光了。到那个时节，你将明白中国文字并不如一般人说的那么无用。你不必用那个盾牌掩护自己了。你知道你所过目的每一本书上面的好处，记忆它，应用它，皆极从容方便，你也知道风格特出，故事调度皆太容易了。

　　你试来做两年看看。若有耐心还不妨日子更多一点。不要觉得这份日子太长远，这只是一个学习理发小子满师的年限。你做的事应当比学理发日子还短，是不是？我问你。

十二
给某作家

××：　　你的长信接到了，你说的事情我了解。你自己以为说得极乱，我看时却清楚得很。凡是你觉得对的，我希望你能做得极顺手，凡是你以为我看错了的，我希望我到某时节会，再错。这是关于做文章一方面而言。关于做人呢，即如说关于"政治"或"文学"或"人生"见解呢，莫即说我的，只说你的。我以为你太为两件事扰乱到心灵：一件是太偏爱读法国革命史，一件是你太容易受身边一点儿现象耗费感情了。前者增加你的迷信，后者增加你的痛苦，两件事混在一块，就增加你活在这个世界上感觉方面的孤独。因此会自然而然有些爱憎苦恼你，尤其是当你单独一人在某一处时，尤其是你单独写文章或写信时。说不定你还会感觉到世界上只有你孤单，痛苦，爱人类而又憎人类，可是，这值得讨论。你也许熟读法国史，但对于中国近百年史未必发生兴味。你也许感觉理想孤独，仿佛成天在同人类的劣性与愚性作战，独当一面，爱憎皆超越一切，但事实这个世界上比你更感觉理想孤独，更痛苦，更执着爱憎皆有人，至少同你相似的还有人。客观一点去看看，你就会不同一点。再不然，你若勇敢些，去江西四川××里过阵日子，去边省任何一个军队里过阵日子，去长江流域什么工厂过阵日子，去西北灾荒之区过阵日子，去毒物充斥的××过阵日子，再来检查一下自己，你一切观点会不同些。生活变动的太多，自然残忍了一点，一切陌生，一切不习惯，感受的压力不易支持。但我相信至少是你目前的乱处热处必有摇动。再好好去研究一下这个东方民族，如何活下去这么许多年，如何思索同战争发展到如今，你的热和乱，一定也调和起来，成为另一个新人了。你对这个"现在"理解多一点，你的气愤也就会少一点。不信么？你试试就相信了。你对于生命还少实证的机会。你看书多，看事少。为正义人类而痛苦自然十分神圣，但这种痛苦以至于使感情有时变得过分偏持，不能容物，你所仰望的理想中正义却依然毫无着落。这种痛苦虽为"人类"而得，却于人类并无什么好处。这样下去除了使你终于成个疯子以外，还有什么？"与绅士妥协"不是我劝你的话。我意思只是一个伟大的人，必需使自己灵魂在人事中有种"调和"，把哀乐爱憎看得清楚一些，能分析它，也能节制它。简单说，就是因为他自己还是个人，他得多知道点人的事情。知道的多，能够从各个观点去解释，他一切理想方有个根。假若他是有力量的，结果必更知道他的力量应使用到什么地方去。他明白如何方不糟塌自己的力量。他轻视一切？不，他不轻视，只怜悯。他必柔和一点，宽容一点。（他客观点去看一切，能客观了。）使人类进步的事，外国方面我的知识不够说话资格。从中国历史而言，最先一个孔子，最后一个×××，就是必先调和自己的心灵，他的力量从自己方面始能移植到人类方面去。这两个人我们得承认他们实在比我们更看得清楚人类的愚与坏，可是他们与人类对面时，却不生气，不灰心，不乱，只静静的向前。不只政治理想家如此，历史上著名玩耍刀刀枪枪的大人物何尝不如此？雷电的一击，声音光明皆眩目吓人，但随即也就完事了。一盏长明灯或许更能持久些，对人类更合用些。生命人格，如雷如电自然极其美丽眩目，但你若想过对于人类有益是一种义务，你得作灯。一切价值皆从时间上产生，你若有理想，你的理想也得在一分长长的岁月中方能实现。你得承认时间如何控制到你同世界，结果也并不妨害你一切革命前进观念的发展。你弄明白了自己与时间关系，自己便不至于因生活或感情遭受挫折时便尔灰心了。你即或相信法国革命大流血，那种热闹的历史场面还会搬到中国来重演一次，也一定同时还明白排演这历史以前的酝酿，排演之时的环境了。使中国进步，使人类进步，必需这样排演吗？能够这样排演吗？你提历史，历史上一切民族的进步，皆得取大流血方式排演吗？阳燧取火自然是一件事实，然而人类到今日，取火的简便方法多得很了。人类光明从另外一个方式上就得不到吗？人类光明不是从理性更容易得到吗？你自己那么热，你很容易因此把一切"冲动"与"否认"皆认为生气或朝气。且相信这冲动与否认就可以把世界变得更好，安排得更合理。不过照我看来，我却以为假使这种冲动与否认是一时各个人心中的东西，我们就应当好好的控制它，运用它。（××便如此存在与发展）若是属于自己心中的东西，就得节制它调和它。（如你目前情形。）必如此方能把自己这点短短生命中所有的力量，凝聚到一件行为上去；必如此方能把生命当真费到"为人类"努力。你不觉得你还可以为人类某一理想的完成，把自己感情弄得和平一点？你看许多人皆觉得"平庸"，你自己其实就应当平庸一点。人活到世界上，所以成为伟大，他并不是同人类"离开"，实在是同人类"贴近"。你，书本上的人真影响了你，地面上身边的人影响你可太少了！你也许曾经那么打算过，"为人类找寻光明"，但你就不曾注意过中国那么一群人要如何方可以有光明。一堆好书一定增加过了你不少的力量，但它们却并不增加你多少对于活在这地面上四万万人欲望与挣扎的了解。你知道些国际情形，中国人的将来命运你看到了一点，你悲痛，苦恼，可是中国人目前大多数人的挣扎，你却不曾客观一点来看看。你带着游侠者的感情，同情××，憎恶

××，（你代表了多数年青人的感情，也因此得到多数年青人的爱敬。）你却从不注意到目前所谓×××，向光明走尽了些什么力，××又作了些什么事。你轻视绅士，否认××，你还同一般人差不多，就从不曾把"绅士""××"所概括的好坏弄个明白，也不过让这两个名词所包含的恶德，给你半催眠的魔力，无意思的增加你的嫌恶罢了。你感情太热，理性与感情对立时，却被感情常常占了胜利。也正因其如此，你有许多地方极高超，同时还有许多地方极伟大，不过倘若多有点理性时，你的高超伟大理想也许对于人类更合用点，影响力量更大一点。罗伯斯比尔若学得苏格拉底一分透澈，很显然的，法国史就得另外重写了。你称赞科学，一个科学家在自然秩序上证明一点真理，得如何凝静从一堆沈默日子里讨生活！我看你那么爱理会小处，什么米米大的小事如×××之类闲言小语也使你动火，把这些小东小西也当成敌人，我觉得你感情的浪费真极可惜。我说得"调和"，意思也就希望你莫把感情火气过分糟塌到这上面……

十三
给一个读者

××先生：

　　来信已见到，谢谢。你说"关于写小说的书，什么书店什么人作的较好"。我看过这样书八本，从那些书上明白一件事，就是：凡编著那类书籍出版的人，他自己绝不能写创作，也不能给旁的作者多少帮助。那些书不管书名如何动人，内容皆不大合于事实。他告你们"秘诀"，但这件事若并无秘诀可言，他玩的算个什么把戏，你想想也就明白了。真真的秘诀是多读多做，但这个已是一句老话了，不成其为秘诀的。我只预备告你几句话，虽然平淡无奇，也许还有一点用处，可作你的参考。

据我经验说来，写小说同别的工作一样，得好好的去"学"。又似乎完全不同别的工作，就因为学的方式可以不同。从旧的各种文字，新的各种文字，理解文字的性质，明白它的轻重，习惯于运用它们，这工作很简单，落实，并无神秘，不需天才，好像得看一大堆"作品"方有结论的。你说你也看了不少书，照我的推测，你看书的方法或值得讨论。从作品上了解那作品的价值与趣味，这是平常读书人的事。一个作者读书呢，却应从别人作品上了解那作品整个的分配方法，注意它如何处置文字如何处理故事，也可以说看得应深一层。一本好书不一定使自己如何兴奋，却宜于印象底记着。一个作者在别人好作品面前，照例不会怎么感动，在严重事件中，也不怎么感动——作品他知道这是写出来的，人事他知道无一不十分严重。他得比平常人冷静些，因为他在看，分析，批判。他必须静静的看，分析，批判，自己写时方能下笔，方有可写的东西，写下来方能够从容而正确。文字是作家的武器，一个人理会文字的用处，比旁人渊博，善于运用文字，正是他成为作家条件之一。几年来有个趋向，多数人以为文字艺术是种不必注意的小技巧。

这有道理。不过这些人似乎并不细细想想，没有文字，什么是文学。诗经与山歌不同，不在思想，还在文字！一个作家思想好，决不至于因文字也好反而使他思想变坏。一个性情幽默知书识字的剃头师傅，能如老舍先生使用文字，也就有机会成为老舍先生。若不理解文字，也不能使用文字，那就只好成天挑小担儿，各处做生意，就墙边太阳下给人理发，一面工作一面与主顾说笑话去了。写小说，想把作品涉及各方面生活，一个人在事实上不可能，在作品上却俨然逼真，这成功也靠文字。文字同颜料一样，本身是死的，会用它就会活。作画需要颜色，且需要会调弄颜色。一个作家不注意文字，不懂得文字的魔力，有好思想也表达不出这种好思想。作品专重文字自然会变成四六文章。我并不要你专注重文字。我意思是一个作家应了解文字的性质，这方面知识越渊博，越容易写作品。

　　写小说应看一大堆好作品，而且还应当如何去看。方能明白，方能写，上面说的是我的意见。至于理论或指南作法一类书，我认为并无多大用处。这些书我就看不懂。我不明白写这些书的人，在那里说些什么话。若照他们说出的方法来写小说，许多作者一年中恐怕不容易写两个像样短篇了。小说原理小说作法那是上讲堂用的东西，至于一个作家，却只应看一堆作品，作无数次试验，从种种失败上找经验，慢慢的完成他那个工作。他应当在书本上学安排故事，使用文字，却另外在人事上学明白人事。每人因环境不同，欢喜与憎恶皆不相同。同一环境中人，又会因体质不一，爱憎也不一样，有张值洋一千元的钞票，掉在地下，我见了也许拾起来交给警察，你拾起来也许会捐给慈善机关，但被一个商人拾去呢？被一个划船水手拾去呢？被一个妓女拾去呢？你知道，用处皆不会相同的。男女恋爱也如此，男女事在每一个人解释下皆成为一种新的意义。作战也如此，每个军人上战场时感情皆不相同，作家从这方面应学的，是每一件事各以身分性别而产生的差别。简单说来就是"求差"。应明白每种人为义利所激发的情感如何各不相同。又譬如胖一点的人脾气常常很好，且易中风，瘦人能够跑路，神经敏锐，广东人爱吃蛇肉，四川人爱吃辣椒，北方人赶骆驼的也穿皮衣，四月间房子里还升火，河南河北山西乡村妇女如今还缠小脚，这又是某一地方多数人相同的。这是"求同"。求同知道人的类型，求差知道人的特性。我们能了解什么事有他的"类型"，凡属这事皆相去不远。又知道什么事有他的"特性"，凡属个人皆无法强同。这些琐琐知识越丰富，写文章也就容易下笔了。知道太少，那写出来的就常常"不对"。好作品照例使读者看来很对，很近人情，很合式。一个好作品上的人物，常使人发生亲近感觉。正因为他的爱憎，他的声音笑貌，皆是一个活人。这活人由作者创造，作者可以大胆自由来创造，不怕说谎，创造他的人格与性情，第一条件，是安排得"对"。他可以把工人角色写得性格极强，嗜好正当，人品高贵，即或他并不见到这样一个工人，只要写得对就成。但他如果写个工人有三妻六妾，会做诗，每天又作什么什么，就不对了。把身分、性情、忧乐安排得恰当合理，这作品文字又很美，很有力，便可以希望成为一个好作品的。

不过有些人既不能看"一大堆"书，又不能各处跑，弄不明白人事中的差别或类型，也说不出这种差别或类型，是不是可以写得出好作品？换一个说法，就是假使你这时住在南洋，所见所闻皆不能越出南洋天地以外，可读的书又仅仅几十本，是不是还可希望写几个大作品？据我想来也仍然办得到，经验世界原有两种方式，一是身临其境，一是思想散步。我们活到二十世纪，正不妨写十五世纪的历史小说。我们谁皆缺少死亡的经验，然而也可以写出死亡的一切。写牢狱生活的不一定亲自入狱，写恋爱的也不必需亲自恋爱。虽然这举例不大与上面要说的相合，譬如这时要你写北平，恐怕多半写不对。但你不妨就"特点"下笔。你不妨写你身临其境所见所闻的南洋一切。你身边只有《红楼梦》一部，就记熟他的文字，用那点文字写南洋。你好好的去理解南洋的社会组织，丧庆仪式，人民观念与信仰，上层与下层的一切，懂得多而且透澈，就这种特殊风光作背景，再注入适当的幻想成分，自然可以写得出很动人故事的。你若相信用破笔败色在南洋可以画成许多好画，就不妨同样试来用自己能够使用的文字，以南洋为中心写点东西。当前自然不免发生一种困难，便是作品不容易使人接受的困难。这就全看你魄力来了。你有魄力同毅力，故事安置的很得体，观察又十分透澈，写它时又亲切而近人情，一切困难皆不足妨碍你作品的成就。（我们读一百年前的俄国小说，作品中人物还如同贴在自己生活上，可以证明只要写得好，经过一次或两次翻译也还仍然能接受的。）你对于这种工作有信心；不怕失败；总会有成就的。我们作人照例受习惯所支配，服从惰性过日子。把观念弄对了，向好也可以养成一种向好的惰性。觉得自己要去做，相信自己做得到，把精力全部皆搁在这件工作上，征服一切皆无困难，何况提起笔来写两个短篇小说？

你说"一个作者应当要多少基本知识？"这不是几句话说得尽的问题。别的什么书上一定有这个答案。但答案显然全不适于实用。一个大兵，认识方字一千个左右，训练得法，他可以写出很好的故事。一个老博士，大房子里书籍从地板堆积到楼顶，而且每一本书皆经过他圈点校订，假定说，这些书全是诗歌吧，可是这个人你要他自作一首诗，也许他写不出什么好诗。这不是知识多少问题，是训练问题。你有两只脚，两只眼睛，一个脑子，一只右手，想到什么地方就走去，要看什么就看定它，用脑子记忆，且把另一时另一种记忆补充，要写时就写下它，不知如何写时就温习别的作品是什么样式完成，如此训练下去，久而久之，自然就弄对了。学术专家需要专门学术的知识，文学作者却需要常识和想像。有丰富无比的常识，去运用无处不及的想像，把小说写好实在是件太容易的事情了。懒惰畏缩，在一切生活一切工作上，皆不会有好成绩，当然也不能把小说写好。谁肯用力多爬一点路，谁就达到高一点的峰头。历史上一切伟大作品，皆不是偶然成功的。每个大作家皆得经过若干次失败，受过许多回挫折，流过不少滴汗水，方把作品写成。你虽不见过托尔斯泰，但你应当相信托尔斯泰这个人的伟大，还只是一双眼睛、一个脑子、一只右手作成的。你如今不是也有两只光光的眼睛，一个健全的脑子，一只强壮的右手吗？你所处的环境，所见的世界，实在说来还比托尔斯泰更幸运一些，你还怕什么？你担心无出路，你是不是真想走路？你不宜于在迈步以前惶恐，得大踏步走向前去。一个作者的基本条件，同从事其余事业的人一样，要勇敢，有恒，不怕失败，不以小小成就自限。……

十四
《边城》题记

对于农人与兵士，怀了不可言说的温爱，这点感情在我一切作品中，随处皆可以看出。我从不隐讳这点感情。我生长于作品中所写到的那类小乡城，我的祖父，父亲，以及兄弟，全列身军籍：死去的莫不皆在职务上死去，不死的也必然的将在职务上终其一生。就我所接触的世界一面，来叙述他们的爱憎与哀乐，即或这枝笔如何笨拙，或尚不至于离题太远。因为他们是正直的，诚实的，生活有些方面极其伟大，有些方面又极其平凡，性情有些方面极其美丽，有些方面又极其琐碎，——我动手写他们时，为了使其更有人性，更近人情，自然便老老实实的写下去。但因此一来，这作品或者便不免成为一种无益之业了。

照目前风气说来，文学理论家，批评家，及大多数读者，对于这种作品是极容易引起不愉快的感情的。前者表示"不落伍"，告给人中国不需要这类作品，后者"太担心落伍"，目前也不愿意读这类作品。这自然是真事。"落伍"是什么？一个有点理性的人，也许就永远无法明白它，但多数人谁不吓怕"落伍"？我有句话想说："我这本书不是为这种多数人而写的。"念了三五本关于文学理论文学批评问题的洋装书籍，或同时还念过一大堆古典与近代世界名作的人，他们生活的经验，却常常不许可他们在"博学"之外，还知道一点点中国事情。因此这个作品即或与某种文学理论相符合，批评家便加以各种赞美，这种批评其实仍然不免成为作者的侮辱。他们既并不想明白这个民族真正的爱憎与哀乐，便无法说明这个作品的得失，这本书不是为他们而写的。至于文艺爱好者呢，他们或是大学生，或是中学生，分布于国内人口较密的都市中，常常很诚实天真的，把一部分极可宝贵的时间，来阅读国内新近出版的文学书籍。他们为一些理论家，批评家，聪明的出版家，以及习惯于说谎造谣的文坛消息家，同力协作造成一种习气所控制，所支配，他们的生活，同时又实在与这个作品所提到的世界相去太远了。他们不需要这种作品，这本书也就并不希望得到他们。理论家有各国出版物中的文学理论可以参证，不愁无话可说，批评家有他们欠了点儿小恩小怨的作家与作品，够他们去毁誉一世。大多数的读者，不问趣味如何，信仰如何，皆有作品可读；正因为关心读者大众，不是便有许多人，据说为读者大众，永远如陀螺在那里转变吗？这本书的出版，即或并不为领导多数的理论家与批评家所弃，被领导的多数读者又不完全放弃它，但本书作者，却早已存心把这个"多数"放弃了。

我这本书只预备给一些"本身已离开了学校，或始终就无从接近学校，还认识些中国文字，置身于文学理论文学批评以及说谎造谣消息所达不到的那种职务上，在那个社会里生活而且极关心这个民族在空间与时间下所有的好处与坏处"的人去看。他们真知道农村是什么，军人是什么，他们必也愿意从这本书上同时还知道一点世界一小角隅的农村与军人。我所写到的世界，即或在他们全然是一个陌生的世界，然而他们的宽容，他们向一本书去求取安慰与知识的热忱，却一定使他们能够把这本书很从容读下去的。我并不即此而止，还预备给他们一种对照的机会，将在另外一个作品里，来提到二十年来的内战，使一些首当其冲的农民，性格灵魂被大力所压，失去了原来的朴质，勤俭，和平，正直的型范，成了一个什么样子的新东西；他们受横征暴敛以及鸦片烟的毒害，变成了如何穷困与懒惰！我将把这个民族为历史所带走向一个不可知的命运中前进时，一些小人物在变动中的忧患，与由于营养不足所产生的"活下去"以及"怎样活下去"的观念和欲望，来作朴素的叙述。我的读者应是有理性，而这点理性便基于对中国现社会变动有所关心，认识这个民族的过去伟大处与目前堕落处，各在那里很寂寞的从事于民族复兴大业的人。这作品或者只能给他们一点怀古的幽情，或者只能给他们一次苦笑，或者又将给他们一个噩梦，但同时说不定，也许尚能给他们一种勇气同信心！

二十三年四月二十四日记。

乙辑

萧乾：答辞

一
理想与出路

良君：随了文章，你附来一个要求：家你是不能依靠了，会考又不及格，你走上了绝途，眼前文艺成为你唯一的"出路"。你要我相信稿费在你并不是重大鹄标，你更渴求的是一个机会来发泄闷郁的情感。看不起你的人太多了，根据你的信，你嘱我把这名姓印出来给他们看看，到底你也不是个一无所长的人。

你这想振作的精神令我佩服。一切有着低微感的人都必须自己先挺起腰板来，旁人才能以同类待他。但这里我得残酷地告诉你，文艺不是条"出路"，无论在经济或情感上。

为了劝你，我实在得触犯重复的罪：稿费是一个最不可靠的收入，特别在这国度里。一切写文章的人都得生活，这事实是和太阳一般地真确；但一切编者都得顾念刊物的内容也是一件极应原谅的事。文章好而不登，那是罪孽；文章以外，在标准上他若渗进接济的成分，这刊物就不会好的。一切坏的终究不能持久，多少同人的刊物便那样流星似地消灭了，不要想有着作品刊出的人们都是富足的。他们也许比你还穷呢。生活的铁掌一样在打击着他们的脊背。如果把文章写得使编者用来不为难，不是比一封求帮的信更有效更"好汉"吗？

　　各方面对于一个刊物编者的要求是极为复杂的：穷好像是一个普遍的缺陷了，但用红笔注上"却酬"的也正不少。用高丽纸写出血泪斑痕的告冤状子，希望登出以后可以邀见青天的也还有。他接到尺长的衙门封套，里面装着歌颂隐遁的诗章；他接到窄小的粉笺，上面洒着贵重的香水。各方面对于一个编者尽管是恁般复杂，他的处置必须是单纯的。他编的若是文艺，他处置时的考虑也只能是文艺的，正如一个法官不能因为状子文笔好而判为胜诉一样。

文艺是情感的宣泄吗？这问题恐将把我们重卷入浪漫的或古典的漩涡里去，我们不必再重复古人的偏见。在五四后，新文艺的曙光期，这确曾是一般作家的认识。我们能体谅当时的情形：一个才出狱的久囚犯人。于是，除了一部分作家滴着"爱莫能助"的同情泪，在黯淡的角落里写着人道主义的小说外，文艺界成为了一个繁荣的鸟市，一个疯癫院：烦闷了的就扯开喉咙啸号一阵；害歇斯底里亚的就笑出响朗的笑；穷的就跳着脚嚷出自己的需要，那有着性的烦闷的竟在大庭广众下把衣服脱个净光。朋友，他们是可原谅的，时代压得他们太闷室了。他们不知怎样发泄内在的那点热力了。他们上午穿了春色舞衫与情妇去郊外朗声歌唱恋爱，吃过中饭又换上红色坎肩，扛起赤旗，扮成几个穷人，呐喊起革命来。那是一个苦闷好久了的时代，你喊什么也不缺乏一大簇人跟在后面帮伙。看见来势凶猛，连脱光衣裳和摇红旗的，警察也不敢干涉；因为那是苦闷好久了的时代。

　　不幸，朋友，我们都生得太晚了些，不会赶上那热闹的时代。那警察虽曾纵容，却在伺候着呢。等到这阵狂热过去，群众稀疏了之后，他挺着胸脯走过来了。一棒一棒地减少了大家的狂热，可也增加了大家对现实的认识。那以后就不曾再听见这样疯狂队伍的表演了，因为纵表演也缺乏蜂拥的群众。连那躲在黯淡角落里哭泣着的人道主义者也不大为人理会了，因为大家明白病是生在心脏里，灾难是来自外面。文艺纵能拯救人类，那种表演也无济于事！当疯狂流行症消灭后，那个脱得净光表演得最勇敢的反为群众所不齿了！

今日的文艺，感情自然还存在着——而且它是永在的，那是宇宙间一股火热的推动力；但做为舵手的，却有一个冷些的力量比情感更合格。同时需要两种相反力量的文章难写呵，时代对一个今日的文艺者的要求已经是倍增了。"落叶"曾经成为当时年轻人的"爱经"，但你若用同样或更浓的情感写一本"落叶"，就连这小刊物也不大肯刊登。

那么，什么是我的"出路"呢？你将这样问了。今晚你在等待着我的回答，我知道。我一提起笔来就先抓住你质问的核心："出路。"我让这问题在我身上如一条小蛇似地钻来钻去。笔给我握得都湿了。"什么是他的出路呢？"我自问着。这惊动了我左侧的一位正译着报告江河水位电报的同事。"已经淹没廿几个县了！"他回答我。我愕然，这回答又惊动了我对面的一位写着本市凶杀案的同事。"穷得没法么，怎不想杀人！"他摇着头，写着满了血痕的新闻。一只粗大多毛的手在欧洲伸出来了，扬言要统治另一个弱小的但是崛强的民族。我丢下了这枝笔。我不能写了。什么又是一切人类的出路呢，朋友，我问你！

当整个世界是闷在愚骇，残酷，饥饿，野蛮的洞里时，你自己挖一个小窟窿就算得"出路"了吗？世界是正像今夜这六月的天气：四下布满了黑压压的云，只在几个人的头顶上飘起一片明朗的彩霞。他们唱歌，他们的酒杯是响朗地碰着。他们的文章没有想像，他们对生活就更缺乏想像。一只银行折子，一封粉笺，任你握得多么紧，霹雳一声，这些还能存在吗？

"出路"已成为中国青年的字汇中第一字了。那下面的注解是"月薪××元"，是一切窄小的私我的甜梦，极容易被那即来的暴风雨扫荡的梦。那是"生计"，可不是"出路"。一个有机体的沈沦是全部的，没有谁能幸免。生计是该抓到的，暴风雨准得刮翻你的"生计"；但如果你还有个"理想"，有个"出路"，在那茫茫大海里你就还有一片木头可摸到。

为了一个真"出路"，你就先得把自己打在算盘外面。

二

象棋的哲学

强君：为了输棋你沮丧，这经验我也有过。眼看着一辆"车"或一匹"马"为对方无慈地捏掉，登时自己的阵容露出单薄，登时对方采取急遽的攻势，连始终静静埋伏在岸边的小卒都挺起胸脯跨过河了，横闯竖撞，直向老将逼来。这种焦燥不是我们涵养有限的年轻人所能抑制得住的。

于是，如海上对飓风失色的船主，这棋手惊慌到不知怎样使舵。输棋似乎已成定局，只想拖宕，或者更没出息地把棋盘一推，人马混乱，返身倒在床上，气馁地哼着"不来了！""算输还不成吗！"

你的沮丧也许与这情形类似，（我是曾经那样过的。）但那可真是要不得的情形。不怕你恼，我觉得这是精神的堕落。如果命运果真存在，我疑惑戏弄人类，促成失败的，就正是人类本身这种自馁心理。

我观察过许多好在棋盘上较量的人，在胜负博争中，我看到心灵硬度的测验了。一个占上风的棋手吸枝香烟，打打哈哈还不碍事，（那是得意心情的外溢！）但我看不上一个败将也在那里嘻皮笑脸地和人打诨说笑。这个人也许自称达观，实际却近于不识事务。棋盘以外原无胜负可言，既坐下就得有必胜的志气。在人情上尽管是挚友，在棋盘上却互为敌手；不必礼让，也谈不上和善。

我相信你不甘拜下风，只是，也许和我这神经质的人一样，你的机警和胆略太容易为茫乱的心绪淤钝住了，敌人的单骑竟可以使得你全军失措。看到白白的马尾巴，你那两位平素满腹经纶的"士"便现得痴呆，连谋计多端的"相"也束手无策了。这时，棋手的你陷入狼狈的悲哀中了。

我捧出我的同情。可得暂时收藏起我的崇敬。

可敬的失败者我看见过，那是在长安街上，举行的是一个国际间的垒球比赛。显然地，腿快在这种运动中要占上风，眼看腿慢的那边是败下来了。立在方场的一角，我看到那拼命飞跑，想在球未递到敌方手里以前踩着垒包的赛员。头上绷起的青筋和胸脯的汗珠说明他不曾吝惜些许力气，但对方球递得太神速了，只差半步他又未能赶及。像我们一样，沮丧在他脸上画出灰黯痕纹。惭愧按下他的头。但即刻像有一股火力由他身上钻出来一样，他狠狠地咬住牙根，用拳头叮咛地捶着腿肚，脸上竟闪出一道微笑的但是狡黠的光来。每输一个球，我看到这样的一张脸；那是一张不容轻视的脸。直到终场，他们仍挺直着胸脯，尽了最后的力气，无愧地听候失败的宣布。

一向信服啦啦队声势的我，那回方明白沈默，只要不是"沈闷"，是更伟大的力量。叫喊是情绪的发泄，沈默却能潜蓄，集中，导力量扑往有效的方向。

当一盘棋下到残局时，那自然是辣手的。由于先时的疏忽，车为人掠去，马为人砍倒；对手全军战士都逼近将门，张皇失措是意内的，可也正是致命的。一个谙练的棋手主要的卓越便在善于做通盘的打算。如一个忠实的功利主义者，避大害趋大利，对得失作远大的估计。只有一个必败的笨手才在对方攻入时，即刻步伐显出紊乱，棋子东窜西奔，（谁可也不知道窜到将门守护！）终于一个个都为对手分头结果了。

沮丧有什么用处！棋手的心情和手足动作才真是他的命运。面前是一个无慈的敌手。他理应是无慈的。这没什么不公道。把人间的伦理搬到这里是不适当的。一切比赛斗争都须着力在自卫与攻入。这现实不容搪塞！你漏一个空，就得丢一颗子。脸红，喧嚷，和告饶统不中用。

现今球类比赛不是正兴着淘汰制度么，如达尔文那老头子的话有理，愚拙的棋手，除非他进化，是无法苟存的。

三
为技巧伸冤

　　虹君：由你反对技巧的激昂，我摹想得出你是怎样诚笃的一个君子。我一时记不起八月底曾说过什么你认为是颓废的话，但我却永不是个形式主义者。你一定错会了意，不然，必是我未曾把话说清。

　　"技巧"的确是个没出息的名词，或者可以说它是笨拙的。它的外貌太欠忠厚了。任何敏感的人都侦得出它的虚伪，一切向高处大处走的人就都不屑眄这属于江湖的手艺。正如你说，这时代我们需要直吐的勇敢，如果作品能诉出当代的愤慨，它不必藉技巧来图谋不朽。

　　当我们争论时，我担心一位超然的逻辑家已在讪笑着哩。常常一个名词铸就了我们的成见，一个成见又决定了我们的观点，我们就不能舍开"技巧"这没出息的名词，把争论搬到实际上吗？它给文法家解成句法，给修辞家当做糖衣；我们也该看看这以外还有什么比那有点起色的成分存在。

对于过去左联各种文艺集团组织的周密我们表示景服。但如果他们的热诚曾在国人心中烙过一道印痕，那不是因为他们某本动人心魄的杰作，却是他们坐牢流血的史迹。特别是早期的左翼作品，公式的故事，口号的对话，使一般关心这新兴文艺前途的人们各捏了一把汗。多少人希望左翼作者撙节一部分论战的工夫，利用当时极有限的自由，本着他们的热诚为我们写下几部历史上站立得住的作品。然而没有。一切他们向作品所要的只是意识的正确性，于意识具体化的工夫他们却不大注意到。那阵热闹沈寂后，留在我们脑海中的却仅是一些抽象的符号了。高尔绥倭兹的确不成，但当初左翼如果留给我们一本《银匣》，没有弹压者今日能够尽数没收。

关于意识，一本社会科学所能告诉我们的应详尽多了。即使文艺全然成为宣传，它也必须是某种观念的

"具体化"。一本理论仅能告诉我们工人的"崛强性"，一篇小说却须画出一张崛强的面貌来。文艺可以是善的：托尔斯泰的《安娜·加若琳娜》和《活尸》还不是家庭的说教？卓治·依律特女士的《亚当毕德》虽是极明显的宗教宣传，虔诚的笛奈姑娘却能使反教者也生出无限仰慕：一个纯洁的圣型！善的宣传，若使是文艺的，就先必须是美的。即使为了广远的流传，不也该在描画上细心一些么。

把有机体的文艺皮肉分剥是件伤天害理的事。一个作者运用文字正如画家使唤色彩。他可以画沙基惨案，可以画十字军出征，但他必须用手头的工具描出一幅诉诸观众感官的艺术品。如果他不曾滥用或吝啬颜料，在那画面上应该没有形式与内容的隙罅。脂粉是修饰，然而细嫩的肌肤却是美人自身的一部分，无从分开。一个适当的和谐的安排将使我们忘记了彩色和画板，而投入超现实的境界。连一卷好的电影炭画都有这本领。字典里尽有的是字，人间尽有的是情景，惟一个善选择会安排的作者始能得到预期的效果。

愤慨和勇敢不是最好的说辞。当我们从事制作一件艺术品时，我们不仅是在呐喊。相当的心理距离是必需的。纵使是一篇宣传性的文章，我们的目的也是使读者看后，他立起身来呐喊。即为了文章的效果，我们也应利用文字符号安排成一种情绪或理性的载激，在读者心上产生某种反应。作者的艺术可以控制那反应，管理读者的同情与愤怒。如果作品本身就已经是反应，充满了抽象的口号，他留给读者的是些什么呢？舞台上，悲角的肩胛稍稍向上一动，挤出半声呜咽来，会惹得全场观众凄然泪下。如果悲角放声大哭，谢谢他，观众便可以省下了自己的了。

这里，让我为这没出息的"技巧"伸伸冤吧！的确它在许多富裕的国家里成为文章的装饰品，若干朝代被人崇为偶像；但在一个失掉了自由的国家里，它却可以作为我们文章的保护色呢！一个有信念的作者，良心将驱使他写时代所不许写的。这个自然，而且是必需的。一个吃着哑吧亏，肚满委屈的国家里特别需要这种作者，（事实是亏吃得愈多，小品文愈盛旺！）但暴虎冯河自非上策。作者即使甘为囚徒，也还要顾及作品的存在与流传。一篇明显地越出范围的作品纵使写出来，必仍不能为人广遍地读到。扣留，焚毁，任何时代的统治者都不缺乏诸般有效办法。我们不是还可以使用技巧来乔装，逃避监视者锐利的目光吗？一个潜隐的东西为读者发现出来时，那效果一定是可惊的。

四

文章阔老

溪君：你像是知道了对于诗我是个外行，非要我把不登用的理由说出。我脸有点红。你说我看文章太主观了些，朋友，除了使用我仅有的一点直觉，我还有什么依据？你这诗我曾再三地诵读。随读我随仔细倾听那音节，并尽力照字面想像出一幅具体的图画来。我不曾忘记得重现出你诗中的颜色，声音，氛围，和气味。我所能做也只有这些。但是除了一团模糊的乱影，我捉不到一点审美的经验。诗真是种怪文章！太明显了就成为散文，模糊又不能使读者得到意象。你嘱我代你删改，朋友，你不是难为我这外行！如果你的诗可以这样任意删改，我对自己的主观倒更有些信赖了。

创作家是对人间纸张最不吝啬的消费者。诗人恰是这些消费者中间顶慷慨的。像位阔老，除去住宅他还要占一个宽大空白的花园，这自然会引起别人的妒嫉。但在许多场合，这花园的主人是应享有那片空白的，因为他的内容毕竟来得更精密深湛，使读者首肯那空白不是浪费。在那上面，诗人留下了无色的画，无音的乐。

但一首诗若果连着排下去和分行隔开在意象上，在气韵上并没有损失时，霸占一所花园别人那肯服气！

我知道你有的是火热的情感，和奔放的想像。如果你还不信自己已捉到了那种现实纯炼化的本领，暂时让出那花园，连行写成散文不是更有把握吗？

五

风格的金字塔

　　对着一位仅用法律范围来解释自己行为的人，我们是无话可说的。无论多么亏理，世界不尽有的是雄辩的律师吗？在他们那些只大皮夹里藏着最灵活受使的真理，随时可以拼凑掉转来应用的。但值得我们尊崇爱慕的人，却永远是超乎法律，富于人性的。法律终是个消极东西。（许多拙笨的批评家却死死抓住它！）一个"活"人追求的却是灵与肉，个人与集团的和谐。惟这种超卓的行径方能闪耀光泽。在他面前，人们感到的是法律之不必需。或者说：应该用他的行为铸成法律才更理想些。就个人与法律的关系说，我们也许可以把社会分作三层。赌场绿林弟兄们是需要法律来镇威的，在"守法"的金字塔上，他们只好做老底。中间是规规矩矩的安份良民。擎了理想的火炬走在前面的，对于法律并不必那么认真了。那个离他远了——低了，浮浅了。

这阶段，在文章德性上也极明显的。

在这一切陈腐皆翻了身的今日，我这个年轻人总不至也扛起骷髅来吓唬你。国故家对于文字欧化的责难，我想是徒然的，甚至失当的。的确，今日文艺体裁的演变不免使许多先辈们愕然了。失望还是欣喜，这是摸不清的。但早年白话文的提倡，普及教育的动机无疑地比艺术的旨趣更为显著。他们争取的泰半是文化的德谟克拉西，想使国民分享祖先精神的遗产。读读《尝试集》和初年的许多诗文，便该相信我们的先驱者曾怎样牺牲个人的素养来就合一种"平民的"文学了。

像小河一样，我们的文艺终于得向前流。说教的易卜生不能永久霸占我们的心，跟着，唐珊尼，巴雷，梅特林克，甚而王尔德都闯进来了。我们的情绪变得细腻复杂了。谟拜艺术深于对社会文化热诚的作者，渐渐领会文章主要作用是表现。想像还逼他们往新鲜深刻里表现。于是，原有句法的陋窳拘谨为他们所不能容忍了。他们想为每一个行为单位加以刻画（adv.），这个我们有的太少；他们想在一句话里包容不单纯的意思（Dependent clause），这个没人做过。内在的表现力驱使他们冒险尝试。这冒险在读者和另外作者间，一时还居然成为风气。固有的句法为新兴的观念意象冲破了，于是，作者在构思造句下，不再节制承受平素所接近的外国文学的影响了。

文字的曲折造成情绪的蜿蜒，走惯了平梁大道的读者，在这崎岖的小径中也感到兴味了。这放纵无疑地增多了表现的愉快，同时也加强了艺术的效果。在一个热烈时期，读者曾经在两三行里寻不到一只标点。多么富于迷津味的阅读！

近三四年，大家似乎觉得"简约"对艺术效果更超于曲折，制造迷津的风气是被有意识地收束住。即使摆脱不开欧化风格的，也力求淳朴了。厌于展览机智，我们的读者开始向作品要起真诚老实。

翻译的书，我曾读过一些。在我记忆中，除了冗长绕嘴的名字外，这个"的"字实在是欧化文的致命伤。它好像一粒粒的沙子，搅在玉米粥里，破坏文章的流畅。

一个成人当然不常朗声阅读，但我们却无法制止听觉在神经里潜伏的活动。小时候常因为文章"不顺"挨老师瞪的，那不顺就正是内在的听觉不答应了。惹恼了它，什么欣赏也不易进行。然而有些"欧化"的诗，特别是风行一时的豆腐块，为了弥补缺口，竟还渗满了这最破坏音节，截断旋律统一的沙子。好个残疾的贝多汶[1]！

是的，形容字下面应加"的"字，文法家这样说。但文法是给守法尚不甚谨的人预备的。那阶段我们皆须经过。如果想文字有光彩，富血肉，得爬在那个上面，搬运，调遣，溶铸，酿造，为了完成一个更严肃的工作。

---

1 今通译为贝多芬。——编者注

六
创作与撒谎

池文君：你这问题唤起我许多儿时的回想。自然这个你不要听。但我从那里说好呢？如果"谎"的本身，在你的字汇里是"虚伪"的别名，就绝不会对创作有益的。因为一篇好文章本质上必须是"真"的显灵，它说明的也许是宇宙，也许是人性，但都一样不容颠倒曲解。一篇首尾不谐，情节丛乱的小说揭露的是一个拙劣的骗子，在读者面前搬嘴弄舌，狼狈得手足失措。你可曾在庙会变戏法的摊旁伫立过？许多次，我是顿着脚走开了。阖上应该引起美感的书，我们不是时常怀了一腔反感吗？

然而"真"和"实"却不是一个东西。曾经有一位朋友忍痛告诉我他故事中的一个坏女人是他的亲族。他想这还是为艺术而忍痛牺牲，成功是可以担保的。但这牺牲对他那文章有什么用处呢？"写实"不是太难的事，由"实"里剔炼精华却不易了。十斤"实"里有的也许不到一两"真"。这也许是那么些人争看伦敦艺展中国画的原因罢。诗和散文比，真的成分应更丰富些了，然而许多装腔的诗读起来却使人有"何不并行直书"之感。文艺和新闻比，也应该多淀去糟粕渣滓，把捉些现实的精灵，然而许多"创作"却只应属于报纸的特别栏。"真"是要的，但并不一定"老实"。

一个最容易陷于拙劣的谎是那最私己功利的。向舍监请假最方便的理由是"姑母生日"，把应交的钱花掉总说丢了。急于应付故事以外的"需要"是无心力谋求新鲜的。可是两个穷孩子在屋檐下互相夸耀富有便比那多些曲折了："我们家的墙上贴着银纸。我们家的台阶是白玉的……我妈穿团龙的袍袄"，不错，他家墙是旧报纸糊的。门前是道臭水沟，他妈给人缝袜子。他说时却有过去经验的影象受一种内在情绪的驱使而骋驰呢。一个七岁孩子不懂得夸阔的实际好处。他只是在表现着一种想望。年年腊月，西洋做父母的不都用白胡子的北极翁骗他们的子女吗？家家烟囱上还若有其事地挂着长统袜。这个"谎"却填满着温爱！

许多拍花匪是极擅于说美丽谎的。正如汉摩林那个驱鼠群的笛手，他们能鼓着舌叶，形容山后身有多么大多么红润的苹果，有多少只小白兔，还有飞艇。他们的手会比方，他们的脸色变幻如天气。许多孩子都那么为他们骗走了。为着什么？为着真心教养他们的父母太不肯把声音放柔和些，把脸色弄得有趣些了。幽默本身是无足取的。他们却不明白夹在严肃里，它那种搔痒的调合力。

你是一位有理想，有抱负的人。你厌恨文人的"花言巧语"。这个我们有同感，然而，为什么大众都随了那些"花言巧语"跑呢？为的是"真理"在他们成为一种死板面孔，一种严肃的担负了。需要生趣的他们掉过了头，这真是个悲哀；话说得滴溜转的常心地不正，想阐扬正义的，又太不肯牺牲色相了。

住在荒僻山脚下的孩子们需要这样一位祖父：他确

知山上狼虎的踪迹，他疼爱孙儿，然而他却能把那些狼虎变成孩子小脑袋能懂的"牛魔王"。炉火的红光照着他一张严重而又带些笑意的脸，飘着长长胡须，他比给孙儿看那"牛魔王"的拳头多粗大，吼声的震响。他喘着气在小茅舍里蹦跳咆哮如一只猴子，想用种种声音动作在孩子心上唤起恐怖的感觉。这样做他的确得出一身汗，然而动作的效果属于他，却不属于厉声吩咐"孩子们，不准上山！"的那位。

七
为时代伸伸手

藏君：拖延了许多日子，你终于还是回了家。那不算丢脸。自然，你恨那舍监，甚而那硬替你捆行李的茶役。你可曾想到他们上面还有着一只大手？那大手上面上面还有一只，一只⋯⋯任何一只手稍稍掏紧，下面那个就得成为饿鬼。教育从来没在他们生活里投下理想的影子，生计又不准他们仗义。于是，为了饭碗，他们得执行上峰的命令。那份愚忠是应原谅的。如果真地不屈服，不是该触犯一下较高较凶的，那只主使一切扮演的手吗？那才能产生真正效果。

到家，你发见一切矛盾了。看到私塾里小孩子大声

废邮存底

唱木板四书，脑袋挨着烟袋锅子，你伤心了。看到女人还缠脚，你又难过。看到穷，看到糊涂，你痛苦得几天睡不成觉。你厌恨你住的"半都市"，一条污脏隘窄，充满了原始气味的街上，摇摆着贩卖身子的女人，憔悴的嘴唇涂成萝卜皮那么血红。隔着烟馆迎街的玻璃一看，横竖卧着几条血肉都已枯竭的烟客，庙会小摊子上摆满了的是廉价化装品，和一些都市流行的时髦玩艺：三毛钱一只嘉波式的女帽，块把钱一双绣花缎鞋。到处堆着的是一个工厂制造出的化学玩具：粉色囡囡，竹绿的喇叭。浮荡，单薄，这些颜色眩惑着乡下男女老少。"半都市"没有都市的文化，便利，却已经涂满了一切浮燥罪恶。你八叔见人就夸那地方正和北京赛阔。你想不到离开乡下才两年，一切竟变成这么狼狈！这不希奇。一切空间都必须有东西填补。当农村中坚少壮分子陆续泻入都市，赏略文明的糟粕，尝失眠症的滋味，乐而忘返时，另外的势力会来补这空隙的。

　　你把假期一部分时间献给一个小学校，这极应该。我们的屏围已毁，今日一切年轻人实际皆已坦胸站在前线上。战壕里是不适于谈话的。要"左"，揣起颗炸弹干它一下也好；不么，就在支撑全局的大业上出力。真诚的保守与澈底的改革是两个相持而又相推进的力量，对时代各有其供献。误事的是在阵上闲嘴白相的。

八
坚实文字

绵君：你担心过去文章写不成功是因为文字太轻佻了些。你想写点"坚实"文字。这是极好的。但我却不能明确地告诉你怎样才算得坚实。还是你写来看。

人想来是刚柔两种质料捏合而成的。这造下了千古矛盾。我们每个人都有着点岩石般的理智，环绕着那岩石又流着一泓水似的情感。明知道面前是个死水坑，可是当夜间洒上了月色时，我们不由得想抱着一只曼德琳，倚着垂柳唱起一阕恋曲给远方人听。稍稍明白人类这弱点的都不该厚责古往的风流误国的君臣，在危难中还舍不掉他们的游兴和琵琶。

在这抽屉里，我保藏着许多可珍贵的情感的纪录。不要想当你们的恋歌登不出来的时候，我在轻视或嫉妒着。不，我在祝福着呢！我珍惜那些热情，我也不薄视那些叹息人生灰色的诗：把人生比做朝露，比做幻梦，比做流逝的水波。时代的沈闷和野蛮使得人们这样感受，写出来的原是极自然的反应。

在朋友分上，我同情这一切；在编辑上，我得小心别让这灰烟散播得太远。这小刊物标榜不起"艺术至上"。为着几万读者，我们得清醒一点。文学在这时代里纵不能有所供献，却切不可在这民族生死关头来帮着泄气。

我不能说怎样才是"坚实"，因为，像另一读者所抱怨，真的坚实是正犯着时忌。多少题材在目前不能写。我们是生活在一极窄隘的圈子里。但我们还希望像匹锁在动物园中新猎的巨兽，这民族在困围苦罹中还睁着炯炯的目光，挺起坚硬的脊骨，虽不能翻身却还不甘蜷伏；不露疲倦，也不肯松懈。它时刻敏锐地关心着铁笼的隙缝。

但我们却不要它裂开血红的口来怒吼。我们并不怕惊吓游园的士女们；那惊吓不了他们，只有惹出更多的耻笑。来自深山的巨兽绝不屑那样，正如它至死不淌一滴泪。吼得越响的，屈伏也越快。

因此，喊口号的文字在我们并不看为是坚实的。过去的教训已经够了。我们曾经呐过喊，卧过轨。但一切动作并不曾使自己的遭受减少。浪漫尽管是人的根性，这毕竟是个现实的时代。酒肉的沈沦和缥缈的理想同样不能应付当前的难关。我们希望在文字上作者们保持着情绪的美，在观念上却应暂时放下许多古代文艺者应享的好梦，脚踏实地处置生活。

九
客观化些

　　若君：不错，这文章你是用"血和泪"写的，但仅仅那些不够。你还得把"血与泪"客观化了，再洒到纸上，不然便是未浸入现影液的胶片。好的文章不是情绪的反应。它本身须是一种刺激。那些哇哇地哭着秋天凄凉的词客引不起我们悲感，因为作者自己淌的泪已经太多了，我们感受的只是他哭泣的凄惨。东坡能全阕不提"秋"字，但由于宇宙各方面的蜕变，冷冷的秋意将无从制止地向读者袭来。如果你曾看过《旧都京华》一类风行一时的国产影片，你当领略了那种嚎啕痛哭在舞台上如何引起与悲哀相反的情绪。在这文章里，你的确

　　　　　　　　　　　　　　　废邮存底

曾"尽了悲职"，但你忘记了你该作的还有引动别人的悲感。

十
论翻译

　　枫君：我们相信中国文艺尚逗留在学习的过程中。如果还想进步，外国的好作品我们不可忽略。这也就是上海方面《译文》一类专收翻译的杂志和"世界文库"一类系统地刊印译品的丛书旨趣所在了。但当拥有博学编辑和宏大资本的书店在企图作一整个的西洋文艺介绍时，我们这小刊物愿意集中自己有限的力量在创作上了。

　　创作在我们已是件力不可及的工作，我们那里更有篇幅去刊登"重译"，纵使"重译"在这年头已成为一件流行的事！十几年来，人人都在翻译柴霍夫，翻译莫里哀，翻译……各地刊物是这样多，我们那里有眼力来甄别您这篇是否"重译"或"重重译"！

国内翻译文学近年来是有着惊人的进步了。这是以往巨大损失所换来的。散漫的翻译在许多情形下常是浪费：它永不能为读者由远方移植一颗新鲜的心灵。纵使是真金，散在沙地上终于也不能成器。不幸我们初期的翻译者就这样把精力浪费了。如果西洋文学曾经给予我们相当有力的启示时，那也要感谢翻译屠哥涅夫，辛克莱，萧伯纳，阿尔跋绥夫的共学社，文学研究会，创造社的那些位有系统有见解的译者们了，他们曾集中自己的精力在几部有了确定的文艺价值的作品上。是这些"大译"爬进了我们自己的心灵，在创作技巧，在生活观念上展示了新的趣味。

现在国内出版家似乎担心起这样浪费下去不成事体了。译品在纯欣赏外，还须是个手段——我们还希望它裨益我们自己的创作。但这效果零星的翻译是不容易获到的，最大的原因是随了作品，我们还须把作者的人格介绍进来。论文介绍不了人格。一个全集是作者人格最明晰的介绍。是那些自传的小说使我们接近了托尔斯泰和高尔基的灵魂。也只有那个。

如果您志在翻译，我以为就该选定自己所最钟爱的作者，系统地工作下去。这选择的准绳可以依着目前国内文艺界客观的需要，看看一般译者们曾忽略了什么不应忽略的作品。

　　这种客观的选择对于弥空有莫大的功绩，但好的翻译却永不能在那情形下产生。纵使迭更生的作品是多么缺乏翻译，一个不甚幽默的人是不会译好的。如果自己对于海没有亲切的认识，提笔译康端德的小说或欧尼尔的戏剧如何能真切生动！一个译曼殊斐尔的人至少也须具有那样一具纤秀细腻的心灵。翻译也不仅是拓版。为了传神，它还有着诠释的作用。因此，另一个更妥贴的办法是选译您最钟爱的作家：和您有着同样的情绪或类似的生活经验的。

　　但如果您翻译只是"为翻译"，我劝您暂放下笔。您说等钱用，创作也不是白登的。您该继续利用自己外国文的知识去读世界最伟大的杰作。最伟大的。您不是英法文全成吗？凭这两个国文字，您有一生读不完的杰作。您读它们。把握那技巧，那神髓，领悟那些故事的构形。然后，您把自己的经验以最缜密经济的方法写出，不就是创作了吗？

不必模仿，那些杰作的幽灵都将无须邀请地潜入您的作品里。

在目前的中国，一个肯看书又肯经验生活，体解社会的作者，他的成功将是毫无阻拦的。

十一
临帖：死路一条

屠君：请别难过，我不曾说你剽窃了谁。在文字间，我知道你有一枝细腻的笔。然而把天资精力浪费到临帖上未免可惜。中国新文艺尚在萌芽滋长中。纵使模仿是可行的，也还没有配临的帖。一切作家都还有短处：善写心理的常缺乏结构，故事紧张的又难免欠深刻的遗憾。

一个比临帖更妥当的办法是博览你所钟爱作者的全部作品。由那里，潜意识地你会把捉到他的神髓。它给你一个处理生活原料的途径：像看过若干幅画，你将明白怎么使用线条来勾出人物的轮廓，用墨汁和水分传达自然界的氛围。即至你提起笔来时，极自然地你的文章将反映出那人的光采。这你不可骄傲。一个在任何事上不甘做奴隶的人却要害羞。他挣扎。他删改。他想摆脱这影响。在这过程中，他创作的能力是迅速地进展着了，直到他有了自己的风格。

拓版式的模仿是条死路，它永不能得到上进的结果。它鼓励人偷懒，骗人用别人的渣滓淤住自己创作的心灵。这样的模仿至多能重现出蓝本的形胎，却永不能把握住那精髓。八股文是费了好大力气才打倒的，我们不可另创一新八股。那是时代的孽障！

十二
文章的创造性

谟君：如果世界一切活的事物都不能安于静止状态时，文艺当然也须永在进步中。我们尊崇一切初期作家，浪漫的或理性的。我们尊崇的是他们曾经为中国文艺拓荒。他们曾违逆着时代的风气，时代的权威，写出异样的文章。我们是凭着历史的想像，体解他们当日的勇敢和魄力来尊崇他们。一个好的承继者应承继那先驱者的精神，而不牢守陈旧的家产。因此，你说你这文章颇像某某先生的笔法并不足使我们降服。除非那是你的笔法，就永算不得好文章。

当很少人肯作白话文的时期，只要是白话文章就都是可贵的。这和前几年只要有普罗意识的就应享受优遇一样。这优遇是只有先驱者才能享受，跟随在历史后面的人不能援引。今日的读者对于白话文的要求已经不仅是"容易懂"了。如何使用旧有文字安排出个新的意象或观念来成为一般作者的努力。

字不是个死板的东西。在字典里，它们都僵卧着。只要成群地走了出来，它们就活跃了。活跃的字，正如活跃的人，在价值上便有了悬殊的差异。

但这又绝不是耍花样。一切只会在文字上耍花样的都必弄巧成拙。这样文字如失了统帅的军队，散了伙的婚丧执事，令人看了只有烦躁别拗。一个胸有成竹的将军是不那样干的。他需要极少的军队，却安排到极适当的地点；节节进攻，无往不利。

因此，活跃的文字必须在一极简单的外形里蕴藏着多量的内容。这内容是想像，是情感。"巷里有人在卖洒衣竹，那嘹亮凄清的声音懒懒地爬过我家的屋脊。"这里"懒懒"是附依着作者对那声音之情感的反应。"爬"显然带着印象的刻画。

文字的价值不在笔画的繁简，却在直觉的深度。说一个人"貌似潘安"虽是个典，却是太容易查寻的典了。难查的却是"他体面得像一株小银杏树"。这可不是"技巧"，那缺乏真挚外貌，没出息的术语所能办的了。想像是严密的。"梧桐"或"菩提"也许更美，但却不附丽着原有的情感。除了同量的敏锐直觉和奔放的想像外是没有字典可以查出的。

一切精采的文字，其含义和价值都必须高高溢出那表面的边缘，勾引出繁复辽远的情绪。它的内容和价值永不依赖字面，却取决于其情绪撩引的质量。

一个"作者"至少先须有这情绪。缺乏反映这种情绪内容的批评家也永难为人折服。

熟读过《幼学琼林》，《昭明文选》，并看过许多初期作家全集的你，今日竟写出屡被退还的文章，你奇怪。这不足怪。"国文根底"和创作是两件事。在许多场合，那根底恰成为创作的阻碍。

创造性是一切好文艺的标记。陈旧是世界生存的恫吓。进步中的艺术须随时以新载激引起新的态度。第一个创用"白驹过隙"的是作者，第二个借用的是小偷，其余征引的便成为明伙了。文学革命时代的口号有不用典。这时我们不必再提出口号，但一个有艺术敏感的作者是该在"创典"上用功夫了。

"典"像根火柴：一擦冒光，再擦便成为哑哑的黑头了。

如果你想去衙门作录事，你那国文根底必大有用处。在那里，你也切不可少有掉换。若是想创作呢，你正该摆脱那些文选的影响，你得把自己装成目不识丁的人，阖上眼睛，让过去实生活的影象奔腾。捉住那个诉诸你的，用可能的文字把它翻到纸上去。于是，像苏醒了的僵尸，你的文字竟蹦跳了起来。

十三

理发师·市场·典型

立君：我每次由孔雀理发店走出都深深受感动。一向我是很急性的，但那认真的理发师使我不肯遽然站起来。他直像要拿我的头去巴拿马展览，屏着呼吸来梳拢，有一根头发翘起来他都不答应。当我在戴手套的当儿，他还扯住我，用软软巴掌压下一束稍偏的头发。他明知道出门就会弄成凌乱的，但他不容些须缺憾由他手里放过。他的职业确是不算高贵，但却懂得尊重他那卑微的职业。这美德在高贵人类中却时常缺乏！

你说写小品文是为了迎合市场脾胃。市场风势是文章造成的，你这迎合办法只有把自己弄得茫乱无章。当你供认出你的凄凉身世时，我更觉得你为了取悦悠闲读者而这样强做笑颜真有些何苦来。我以先想你必是江浙一带富家纨袴，原来你是一个有家难投的亡命徒呵！你能忘记家乡那些吸白面拜皇上的手足吗？即使祖国能舍弃，乡土总不应那么容易忘怀吧！

说及你的文章，我的感觉只是"太抽象了"。创作和理论比是具体的，但创作自身具体性的程度也不一律。初期小说很讲究过"典型"。这个观念勾结着固有章回的影响，在中国似曾产生极不良的效果。吉诃德，西哈诺，那些典型都是溶集千万人性而陶冶其本质精华的描写，我们的典型却成为"永远那一套"的了。我们有典型的三角，典型了斗争，在渲染背景，描写人物上就愈趋"典型"了。写到乡村早晨鸡既叫犬必吠，写到女人嘴必赛樱桃，哭起来总是"孩子似地！"当描写的单位都这样典型化了时，我们只要把钱谦吾先生那六本辞典一凑，不就可以卖钱吗？

这不成！你还得透视，感觉，把自己投进物象里去，才有"具体"的文章出现。

十四
认真：一个妥实的出路

耶君：上礼拜把你那篇发表后，今天又收到了你这篇新作。这自然是极应该的事。鼓励创作的至善方策是把创作印了出来，想写作上有进步也只有继续地写了下去。这是你毕生第一次的写作，而且就为几万个读者看到了。无疑地，这欣喜是耐不住的，因此你说这次寄稿时增加了许多勇气，对自己你有了把握。

但我这次得令你碰一回壁，因为过分的欣悦曾眩惑了你的眼睛，这次的来稿就更其草率，文字就更欠斟酌了。上次我费了好多时间把你的文章改得使排字工人容易认得，使读者看来不刺眼。我得把你那些马虎的字重写一回，另加上标点，又得为你删掉许多累赘的句字，添补上若干太明显的缝。看到印出来的文章时，你就不曾理会删改的痕迹吗？我是曾这样麻烦过另外一个朋友的。我曾脸红。我觉得是犯了罪，那样过分地麻烦一位满心帮我而又负着很重责任的人。我日夜咬住牙，想拼着写一篇用不着他动笔改的文章。自然，到如今我还只是在努力着，但从那以后，我把别字看成鼻尖上的疤，对赘字养成难忍的反感。学着他那简练的榜样，我少用"虚"字，少说无力的废话。自然我还不行，我仍得努力下去的。因为昧于这些基础功夫，没有人能从事创作。

在这里，你不是说你崇拜一位先生的文字吗？这位我还熟识。由他我相信了世界上一切成功都不是偶然的，这道理对于文艺工作是一样地真。当你觉得他说出一句妙话，创出一个有血肉的人物时，在那上面他曾滴了无数的汗珠了。天还黑着的时候他就起来。为了一篇短文，他不惮抄改四五次，每次他都发见文章还可以改得更好些。像一位朝奉称银两似地，他把每个字重新颠一颠，在分量上他一点也不肯马虎，因为他想用缥缈的文字钩描出一幅明确的图画来。字汇里摆着的，尽有的是现成的词字，秋雨，夏云，面靥，服饰，什么都不缺乏。像一个走进年画庄的艺术家，这一切他全看不上。他有着一种创作家独有的骄傲，他鄙视一切已有的，自己要创造新的：在意境，在人物，在一切上面。

他有着比一般读者更敏锐的感觉：一个重复的字眼，一个扎耳的声音，他看得出，听得出。他像一个忠实农夫在田里发见一棵草似地即刻把它剔掉。他不是在雕琢，他要使唤文字表达他内在的一切。当他确信读者不会误解他了后，他又担心起排字工人的眼睛。如果一个圈儿给排成了点儿，这在他是一宗受不住的损失。那样文章的气韵要断，线索将混，情感会模糊。他不甘心，于是他又得在排字工人身上用功夫，使他不闹一个错，一篇你看了觉得"好"的文章是在这样一丝不苟的努力下完成。

如果你真地对创作有兴趣，而不仅是为博得一些喝采，你收到这篇退回的文章后应该耐着心去读一下，看看你还有着多少别字，马虎字。文章里还寄生着多少累赘，又暴露着多少缝子。

大杂志编者常拒绝新人的作品，这原因是极复杂的。

我们可以不必隐讳地说根本不睬新作的也有，但大多数是因为不肯费功夫去删改新人的作品。初次提笔，陌生生地，必然要带点粗糙，许多时候，在硬粗粗的货色下面正潜蓄着无限的珍宝。这时若果有一位谙练的编者稍稍费点力气，他就做了两桩功德：他不但把一篇味道新鲜的东西介绍了给读者，他更启示给那陌生的作者一个外形的概念。每个编者在工作上最值骄傲的应当是这种介绍。一切新人也多半是在这种情形下鼓励起，扶持起的。但这种编者是不多见的，这种外形少粗而货色结实的新作就尤其稀少。

　　除了增高"声价"，登旧人稿子还有一个方便，那就是"文责自负"。当读者在一个知名作者的文章里发见了毛病时，丢脸的是那熟悉的名字。许多旧人在马虎地为各种刊物写着应酬文章了，结果是使失望了的读者对他们失却信仰。但一个错字若发现在生人的文章里，那责任却是要编者负的。避难求易原是人类处置事物之自然途径，于是，新人的作品便这样埋没下去了。

　　一个好汉要在自己身上补偿一切的缺陷。我们不要先辈们的提拔。至少，我们先把文章写得使他能从容地付排：选择有格的纸，计算清楚字数，把文章抄得好认，更要紧，是把文章写得好到使他若不登，夜间就辗转不寐，像曾丢失了一件宝贝，埋没了一条英雄。用认真和光采逼他登出。

登出一篇来不可就松懈下来，一切成功皆是勤奋支撑的结果。如果你曾经给读者一个希望，记住，就永莫使他失望。这是世界一切多产作家的通病。你得时刻使读者在你作品中发见新鲜，发见激进，发见活跃的生命。

创作一天，这勤奋是该支撑下去的。

十五
书评政策

楚君：生活在这落伍的国家里，对于一切好现象的萌芽我们都只有善意地推进。自然，盲目地捧誉可算不得推进。在目前，我们的简评预备先由"介绍"入手，即是只举荐好书。除非是流行极广，毒害大众极深的，对于庸常劣品我们将以沈默对付。请想，每周才只一篇书评，我们那里有功夫顾及滋长分外多的它们！把健全的读物多在大众面前愰愰不是更能积极地转变读者层的注意吗？

你嘱我为你开一书单，这我可不能办。很少好的批评是抱了批评的心情接触原书的。你得多读书。当你读到一本极好的书时，不自禁地你想把它介绍给别人。这是一种热诚。惟有在这样心情下书评才写得好。缺乏了作者的温爱，很少小说中的人物能写得生动。缺乏了评者的温爱，一篇书评也不易促使别人阅读。一切艺术工作莫不需要同情。

不过，我想向你建议的是检选普及的书。我们想像中的读者不是专门家，而是对普遍人生怀有浓厚兴趣的大众，在文字上，我们希望能使读者不太烦倦，（能写成流丽的散文不是更好吗）但我们更愿有结实的内容：简短地说明书的背景，书的本身。话虽不宜武断，可还得负责。不要把功过平均起来，模楞地结束了全文，使读者茫无头绪。长度虽只两千字，可还得把书的梗概轮廓道出。

这真是难为你了。但如果对这方面你真有兴趣，这本领也该逼出的。

　　　　　　　　　　　废邮存底

十六
美与善

棣君：这时候我们不该在这事上争辩了。我们绝不做卫道者，你放心，正如我们也希望你不是位"艺术至上"者。在中国，"以文载道"的高调曾造就了多少"伪善者"，僵化了多少生气勃勃的心灵，并如何成为历代统治者麻木人心的工具，这利害我们是清楚的。历史的创痕使我们再不敢亲近那些道貌岸然的教训主义者了。至于"唯美主义者"呢，由南北朝以至于近代卖弄色情的诗文，情感是充裕了，但多得肉麻。因为缺少了真挚，情感即刻成为香艳或伤感。表现的自由是获到了，但在年轻读者间所播散的病菌是无从计算的。

社会的健康终须要顾到的。除非作品不印出，否则即是把一件私有的东西公诸大众了。我们标榜不起"人生艺术"，也缺乏力量为"艺术至上"呐喊，这些极端只有少数学者有分。我们是生活在大众里面的。艺术我们要——因此，仅题材不能决定我们对文章的取舍；但作品于社会的影响我们也须顾及。桃色的恋曲和灰色的哀歌纵唱得好，这却不是时候。我可以说，我们还不曾收到过一篇腔调新鲜的。

一篇以不道德事实为主题的文章与一篇不道德的文章显然不同。多少盲目的批评家因为作品描写到忌讳的部分而责难作者是不对的。一个作者描写的对象是人生全部。如果他采用某段人生的动机非不道德，且是必需的，则我们只有批评那段的适宜生动与否，而不能遽指作品为不道德。许多作者因怕引起这种误会，谨防地在书前先声明了，像哈代的《苔丝姑娘》的附标题是"一个纯洁女子的写真"。若以这动机的基准来评衡美国电影，可以说它们大部是不道德的，因为那些只玉腿的毕露与全片剧力毫无增添，如果不减少。文章的道德与否不在乎它某个片段本身，而在它的适宜性与必要性。作者的动机和全书的效果之道德性是应受检讨的。

　　事实上，艺术和道德并不如我们臆想得那样敌对。容易越出人情常态，妨害社会健康的是那些必须以低级趣味引动观众的"流行文艺"。艺术家表现的是净化的美。那并不与"善"敌对的。希望艺术积极地"载道"是过奢的，因为离开了美，没有艺术能站立；但美的欣赏本身也是一种潜识的教育呢。

十七
创作与书评

　　昧君：没有读者希望由书评窥到原书的全豹。但一篇未把原书轮廓描入的书评像在水中间建房子，既无基础，又不能为人所捉摸。因此，一个清楚的内容展示是必需的。但仅计算页数钞写目录可算不得展示内容。离开了评者生动的描叙，博渊的诠释，一切皆不免僵硬。对一般的读者那是可厌的。如何综合地把握全书的精髓，简洁地道了出来似是你所应知的艺术。纵使是本专门的书，如果为一般读者评，就也该用一般的言语呵！

　　一个最可怜的事实是中国的书评很少能成为独立的读物。拙笨的方式里插着拙笨的言语。述说原书梗概时，理论就钞目录，文艺便零星拼凑原文。好像只要记住"简洁精警""不偏不阿"一类为市侩滥用而失掉意义的广告语，或能把"基调""意识"一些未经消化的新名词摆得匀当后，便可以写书评了。书评成为不会写文章的领域了。所以，只要扯住一本书，连不通的文字也能使用的。结果使书评全成为招徕生意或威胁作者的工具了，真实的读者对书评反不发生兴趣了。

你得剥去所有的废话，像你这起头"有一天同友人××逛××书店。忽然看到了一本……"如果这不是一本奇书，或你的发见没有什么可异或有关处，这段是不必需的。不可谦逊说"我既不懂文学，也不是个批评家……"如果你这样一窍不通，就根本不该动手批评呢。书评不是演讲。好的学术演讲也常将客气的成分免除的。爽直是文章魄力的来源。

空洞的话你也该避免。"深刻""细腻"原都有它们的意义，但在看得太多了的读者却成为照例的恭维语了。与其夸它"细腻"，勿宁指出细腻的所在。空洞的话稍过火一点即成为肉麻了。一位美国读者计算一年之内有一百多本书被慷慨的书评家封为"本年最大巨作"。只有糊涂的电影院广告才滥用"空前绝后"的字样。因为这字句的用法有点把信用孤注一掷，只好准备关门。"杰作"不是一个可以用来形容一切作品的字眼。如果对自己的见闻尚未十分知足，最好不要乱说"唯一""最佳"的话。因为这说法若为读者打倒，对评者他便失去一切信仰。

拙笨的文字不能写书评。如果书评想为读者所注目，它本身必须是生动的。代替拙笨的不是俏皮，那是娱人又误人的东西。如创作一样，书评要的是智慧。俏皮的话常很动听，但也常是不可救药的偏见。智慧的话要动听，还要不委屈事实。俏皮的趣味常需要牺牲品——作者肋间的刺。智慧的文字是不伤人的，但对于愚蠢错误可并不轻恕。智慧的文字使作品成为亮晶透明，钻入读者的心灵。它介绍的是智慧，它本身必也是智慧。作者富想像，书评若缺乏了想像也将不成为作品与读者间的桥梁了。

只有俏皮的文字才絮絮累赘。为了点缀笑料，就不惜说许多废话。为了显出自己聪明，就装腔做势，尖酸刻薄。这是智慧的文字所不屑为的。司泰尔夫人在她给友人的信中曾写着："请原谅我这封长信，因为我没功夫写一封短的。"这不是怪话。经济的文字是最艰难的。檀香岛乱蹦乱跳的野人舞不难学，难的是邓肯女士的表现舞，不伸一只无意义的手，连一个侧面姿势也有着美的动机。好的书评要用极简练的文字表现出最多的智慧。它介绍的是智慧，是美，是想像，它本身也必须是那些。

创作家也许为图清静不理读者，书评家却不能那样。如果他的书评不为人读完，他的意见就不能广偏有效。干燥如柴的文字谁也读不下的。文字间若毫无光泽，说起好话就肉麻，指摘毛病又不能制止粗话时，纵有高见也难为人接受的。

和创作一样，书评的形式与内容是应和谐并重的。

十八
生活的舆图

费君：你似乎还有着点迷信，希望社会对于文艺者优待一点。在这事上，高尔基也许与你同意。他曾替不劳而食的作家到处讨过面包券。在一个势力的社会里文艺者若穿得不像样子原也该和一个卖油条的一般待遇。不要管外国作家有过什么优遇。没有诺贝尔奖金，中国作者就该歇工吗？

许多初期作者曾把精力放到诉苦上了。一切有着天才自觉的人都不缺乏可抱怨的事，正像做了佳人就得带病态。这迷信我们得克制。当那么多人在穷苦着，挨着鞭打的时候，一切我们所遭受的还不是应该！

你提出了几个极富意味的问题，别位读者将聚拢来讨论的，这里，我只想做个楔子。

与其问中国为什么没有一部"反战"伟作，不如问我们为什么没有伟作。由暗淡方面看，也许中国是个没出息的民族。任凭外界的刺戟怎样强烈，生活在我们永是一样的平淡无奇。我们的作者太小气，太缺乏野心。出上两本书，名字在读者脑筋上留下个作家影子，在文艺上便知足了，野心是移到了生活上。他得游西湖，而且得有漂亮人陪，文坛记者广播行踪。文章此后成为应酬了，他艺术进境的曲线算是钻到了头。若文坛上充满了这些在工作上安分，在生活上争着优遇的作者，伟作就永不会生孕。但灰色的路是留给傻子走的。一个神经健全的人总注视着光亮的方向。若用世界文艺史来衡量中国新文艺的进展，我们的速度应是够惊人的了。许多英国人在写社交女子，却不见得有比四五十年前的《浮华世界》更真切动人的了。看看我们的文艺！十年前一篇被人称誉的小说今日重印了出来会幼稚得可笑。一双裹了几千年的脚，十几年来被我们摆布得认不出原形了。起初，依着"中学为体"的原则，打算把它改造一下。但这没走通。乐府到底只是乐府，它只能描写"学徒苦"。文明戏已证明了这"改造"的无望。这几年可是真忙了。批评界打着理论架，多少新进的作者冲出了传统的圈子，用鲜明的言语表现出鲜明的生活意识了。如果十年前的杰作已是羞答答地立在今日作品面前，十年后我们能抑制新作的萌芽吗？我们应不停息地留心着西洋的杰作，但那些不是来吓唬我们的，对自己我们仍需要信心。

你想走入实生活里去，这是文艺界进步分子的一个普遍觉悟了。平淡的生活只能产生平淡的文章。在你读的一些书里，你不曾把《文艺思潮》一类流行书籍列入；对于学校，你似乎也不太感兴趣。我觉得你是在走着一条正确的路。一个创作者所需要的仅是一具敏锐的感官，一对不忽略琐细的眼睛，和一枝听受使唤的笔。这以外，我还得添上一幅观察生活的地图！这里有阐明兴衰因果性的社会科学，有解释人类行为的心理学，和许多其他有用的知识。这些是学校课程所仅能供给的。但为了与实生活远隔，许多文学士是空空地握着这样几张地图。

闷在房里看地图固然是没什么可收获，任性漫游却

　　　　　　　　　　　废邮存底

也不是个办法。文艺的大部价值在于认识，了解，和描写的深度。有希望的作者应当是一个手握地图的旅行家。他有着承受现状戟刺的敏感，也还不缺乏甄别体验现状的锐力。因此，一些属于地图性质的科学是像你这样一位文艺者所不宜忽略的。

十九
给漂在帆船上的

亚君：修养并不像大学文凭：它不指定期限，也没有完结的证据；程度上的差别是不免的，有无的悬殊却不见得可靠。生活一天，我们没有不是在修养中。你不是看过许多好书吗？比起那些不曾看过的，是便算有了修养。但在我们没来到世界以前聪明的祖宗们唯恐我们偷懒，已经为我们贮下一生读不尽的好书，同时纷纭的生活又在吸引着我们观光。我们得永不停息地阅读，观察，和思索。如果不是为了谦逊才说自己没修养，这里希望我们大家都"修养"了下去。

即对于现代诗人，仅仅热情和敏感也是不充足的。

人间可留意的事太多了：瞎了眼的老女佣，被雨滑倒的鸡卵贩，没有钱买糖果的孩子，和一切属于生老病死的魔难，一个艺术者在同类情谊上对这些应怀有最多量的怜悯，无疑地，他也应把这些全吸收到他心灵里。但如果把所感觉到的都一骨脑表现出来，这是不可能的，也不会有好效果的。一个艺术者应有一具极博大的胸襟。在他的记忆库里，他还得为这一切留地位。但在表现上，他必须只选择那最有关联，最生动微妙的。想像本身是兼有着挑剔，剪裁，弥补的作用。"我未作诗，乃诗作我"虽是句有力的话，却不见得是一句可靠的话。艺术者不能作为现实或自己情感和想像的奴隶。他得统驭它们调遣它们，谋取他所欲达到的艺术效果。一个好的摄影者对于角度和明暗也还要费斟酌呢。

因此，当你写小说的对话时，那些对话应该是写实的，像一个活人在说话。但活人的话是繁杂的，许多甚而是无味的。一个小说家若写出无味的对话来，他不能以"现实如此"作凭仗。文明戏的对话有时比剧本里的话现实多了，连极琐细的家务也不疏忽。但一个主宰现实的戏剧家该由现实的"漫话"里提炼语言的精华。出现在小说或剧本里的对话应是这种精华。一切以某某人做模型的人物，纵有时亲切，却难达到至高境界。极简单地，因为艺术是选择的模仿——那便是表现了。

在目前这综错复杂的社会构形中，十八世纪的感伤主义是更显得薄弱无能了。一个诗人为一只猫的殇亡而落泪，这种齐物的宇宙的情感原是极为可贵的。但想想一个煤矿的陷落活埋了多少条健壮的汉子，一个炸弹粉碎了多少无辜的人，这眼泪就未免掉得可笑了。我们是生活在一具极严密的网里，多少铁手在我们身上削了又削。当群众已明察了一切时，艺术者不能装聋卖傻。对于事态的因果性必然性他不能马虎。故事若想带血带肉的话，自然是得怀着亲切的甚至疯狂的热情来写。但在构造这故事的时候，我们不能用理性检察一下它的真实性吗？一篇文章的失败可以有两种：一个极好的题材为一枝拙劣的笔写坏了自然是可痛惜，把一件极琐碎的事写得那么过火也觉无聊。既然世界上一切都得向前迈进，在我们笔下，不但不可重复千百年来祖宗们写腻了的陈话，便是初期新文艺的许多旧套也该换换了，一切不反映时代的题材如天文的景象，都是最易重复的，谁写

"黎明"也离不开鸡啼犬吠。你不能低下高仰着的头，看看三马路行人道上走过多少夹了手工包袱，揉着惺忪睡眼的女工，或是由海河上游漂过来的一具红肿浮尸吗？

你的境况使你对人生不隔膜，这是极幸运的事。世界上虽有一些乘着火轮躲在洋舱里的旅客，惟那些帆船上把着孤桨，受着艰险的人才有分看江海的真像貌。一切有起色的人都必富弹性；生活越高压，反抗的劲头来得也越要足壮。你所学的将允许你躲开拥挤而空洞，繁华而贫匮的都市，走到真实大众住区的农村。你的职业也许是个小学教师，也许更不如那个。但你是一个比谁都该骄傲的人，因为你过着实在的生活。只要有一个超功利的憧憬占据着自己，什么职业我们做不得，当千万人在做着更苦的事！

人生和艺术，正如内容与形式，根本是不必分也不能离的。文艺是具象的叙写，它必须把轮廓勾描适得其当。要那样，就得附着活文字必有的暗示力和情感。情感的真实是要作者自己先亲切地感到。只有一个对人生有着浓厚趣味和经验的人，才能深切地感应。你是富有热情而且极其敏感的人，你又生活在一只帆船里，你已

具备了文艺者的一切。在聪明的统驭中，你得发展你的
赋有。

二十
伟作怎样投胎

　　海君：你这信使我忆起去年十月间《大地》的作者在《亚细亚》上用极欠含蓄的笔，责难中国文人在荷负时代责务上畏缩不前的卑鄙。她夸奖我们山水美丽，夸奖我们祖宗聪明，脸长得俊秀，但灵魂却是一条软弱无骨的，只会编一些俏皮短文，对于生活的桔梏却没有挣扎的勇气。像你一样，她认为如果中国人不把握住那"粗暴的，大无畏，热情的，恼人，愤慨的，纵死也诉说真理的精神"，伟作就永不会产生。那是一个挑战，那简直是个切肤的侮辱。但我们忙于打群架的作家们却始终哑然不响。凑足了几个人就办起一个小品刊物，这责难一点也不曾阻挠俏皮短文的洪运。

今日的文艺者在"供给读者所渴望的"事上算是尽够忠实了！他们厌烦长篇，写短的；他们嫌短的也还太长，来，写小品更便当；他们嫌文字还太枯燥，出版者急忙配上大腿的插图；由于这种迎合，近数年来的中国新文艺在基本精神上已呈示着显著的退步。决定我们笔锋的，不再是那内在燃烧的火，多数作者似乎都在揣摩大众趣味上用工夫。于是，写一阵农村，写一阵舞女，文章由表现自己，反映时代，而流为凑热闹的玩意了。

这样放纵，我们对不起初期文艺的拓荒者。他们最初的努力曾置在"供给大众所应知的"工作上。当长江沿岸热闹着文明戏的时候，《新青年》却介绍起易卜生。《热风》里几乎每篇短文都有着作者对时代的愤慨，攻击着古文，攻击裹脚。《新潮》《语丝》等都曾以极大的固执和时代顽抗。他们是以自己的良心为最先的读者。他们的确不曾谋印刷装帧的美观，连文字也还常缺乏漂亮。因为他们有太多的愤慨得发泄，对于时代他们怀着无限的不满。

这种"傻子的勇敢"支撑了一些时日，到今日，好像中国已成为聪明人的天下了。一个人把某体诗写成槽套，无数人就都尾随着模拟起来了。自从农村被发见为"充实"的来源后，一块无人管的荒地竟成为若干作者标榜的工具了。这种时髦令我想起五六年前的中山服。真实的内容不尽在作者描写的是什么，还得看作者体味经验的深度。

法国一个文艺外行不是遗下一句名言么，"风格即是作者本人"。想到这个，我们该明白模仿者失败的必然性了。文章比什么都更是个人性格的反映。即在贫瘠的中国文坛上，几篇可以站住半世纪的作品也莫不是有着强烈个性的。革命的情绪不是学来的，正如幽默没法装腔。任凭文艺随着人类组织演成怎样的东西，它永远得闪烁着一个人格，四肢五脏以外的那种性灵。一个窄小胸膛，斤斤于一些私人便宜，不放松出风头机会的胸膛是产生不出悲天悯人的伟作的。若总把人生当作杂耍，那么随便松懈，不知严肃，对于眼前利益又那么不肯放手，中国恐怕永与伟作无缘。在作家脉管里，如果奴隶的血液不给改革者的血液腾地方，中国这块文艺土地将只适宜蔓长一些小草。

二十　伟作怎样投胎

二十一
取名的直觉性

　　年君：我写小说日子太浅，不配解答你这问题。无疑地这是件极麻烦的事，任何事情认真起来就都不省手。为小说人物起名而搔首踟蹰的事是有过的，但一个名字蹑踪一条影子和性格先后出现也常遇到。那名字也许便是一把钥匙，它带来的还有一段情节，一份命运。

　　虽然 Bunyan 在《天路历程》里使用过"伪善""恶意"一类字眼作人物的名字，卫道护经的林琴南曾藉小说影射文学主张上的劲敌，一般小说作者却多方避免抽象，只藉声音或文字联想，企图不假思索地在读者心中产生直接的印象。当爱伦堡述说他为《乌鸦》诗选择

Elenore 一字所费的心血时，他不是在胡扯。我疑惑浪漫主义者，或者说印象式的头脑，笔下情感流溢较多的作者对人物名字的音乐性常是很敏感的。"翠翠"，"亚利安娜"，我可以举出一大串，个个皆附丽着作者的热爱。这些似乎还有着躲避庸俗的倾向。写实派的作者唯一的愿望却是藉名字表证或增加人物的真实性。这些名字首先要能代表人物的身分，像"张秋柳"，"倪焕之"。为了多掩盖些活人，这些名字似乎还故意起得极其平凡。"老张"包含太多人物了，"王得胜"几乎生了一张代表每个兵的脸。当人物是属于一大群的时候，名字也不便有强烈的个性了。

使用意象文字的中国作者确是福气。音乐成分外，我们的文字多少总还能表达些别的什么。唯其这样，中国小说人物的取名需要更深刻的艺术家，不任一个名字破坏了作品的一贯性或心理的距离。

即使对于写实派作者，取名也是一桩全凭主观的工作。前些时候我读巴尔扎克的传记，就遇到这伟大作者生平一件极有趣的事。

当时巴尔扎克正为《巴黎评论》写一篇小说。为着里面一个角色名字的斟酌，他烦恼了几天。他要一个名字能"说明这个非常人物的命运，能做他通身的注脚，能把他由众人中挺拔出来。这名字必须宣布某人如一个炮弹远远宣布它自己'我名叫炮弹'一样。它必须是只面具，却只为这人所独有。它必须描画出他的脸貌，身材，声音，他的过去与将来，他的才具，趣味，情感，他的危难和光荣……"

"我不相信一个名字能做这么多事；"那位朋友连连摇头，"我不相信。比方说，拉辛吧——"

"对了，我正要说拉辛，那名字多么能代表一个诗人呵，温雅，多情，柔和……"巴尔扎克又兴奋起来。

"我得告诉你，那名字使我想到一个植物学者或一个药剂师，绝不是个斯文诗人。"

"但是柯尼尔呢？"巴尔扎克又提出一位悲剧家来。

"这名字在我是一种不甚闻名的飞禽。"

巴尔扎克生气了。他朗声喊出帕斯考的名字。

"对不起，"那位固执的朋友说，"仅巴黎一地便有三千个脚夫叫这名字。我对你说，所有这些名字在你都是那样崇高，伟大，有光采，全是因为它们各各主人的价值。"

"我不信。"巴尔扎克感到无限愤闷。"我们未降生以前，名字就早由天定了，这是个隐秘，不是我们渺小逻辑头脑所想得透的——"

"好，我们不必争吵，你今天找我来干么？"

"我已经告诉你了，我要为我小说里一个人物取名字。我费了六个月工夫还没找到。我把皇家户口簿全翻遍了，也没有一个适当的。"

于是，他们决定出发沿街踏访家家的户牌。他们以圣昂内路做起点，两人都把鼻孔仰起各看一边。时常撞到路人怀里，他们还直着眼向前闯。被撞的人以为他们是盲者，就只好自认倒霉。

这样他们几乎走遍了全城也没碰到一个合适的。那朋友脖颈都仰酸了。由于屡次推荐姓名都遭到巴尔扎克的拒绝那朋友不耐烦走了。

"功亏一篑，世事永远如此！"巴尔克扎叹息着，眼睛可还盯住前面未看到的户牌。"哥伦布永远不能得他伙伴的支撑。瞧，前进！我自己要航到亚美利加陆地。前进！"

"可是这里遍地是亚美利加，你偏不登陆么。你把我推荐的每一个姓名全斥拒了。这太不公道。这儿有许多妙名：有德国的裁缝，匈亚利的鞋匠，都是很生动的。你不要，你偏要都不可能的。你的亚美利加就永逢不上它的哥伦布。"

"在我看，懒惰和易怒一样是不可原谅的。"巴尔扎克转圜了。"来，倚着我的肩臂，熬到圣依塔西街。"

"可是再不多走一步了。"

"就那么办。"

于是，踏访又重新恢复了。

可是走遍了这条街的各路，在这姓名博物院中，巴尔扎克真就仍没寻到一个适当的。那朋友急了，发誓要走自己的路。

"就包流路一条，绝不再通融了！好像有一个声音告诉我，名字一定在那儿找到。然后，咱们胜利地回我家吃中饭。"

忽然在一条狭巷里，凝对着一个鄙陋脱色的门板，巴尔扎克大声喊起来了。

"念呵，念呵，念呵，这——这个！"他的声音为兴奋而颤栗了。

那朋友念出："马尔加。"

"马尔加，你只要想一想，马尔加，好妙的一个名字！"

"我倒看不出——"朋友刚要说扫兴的话。

"听罢，马尔加！"

"不是——"

"住住口罢！这是名中之名，马尔加。我们不用再找了。我们得骄傲地接受这名字马尔加。这名字里包含一个哲学家，一个著作家，一个政治家，一个未成名的诗人。马尔加：一切什么都有了。"

"我真希望它是这样。如果马尔加真地包含这些，让我们拍门问问好不好，因为这户牌没有职业的说明。"

"你尽管问吧，他的职业准不出艺术的高尚圈子。"

那朋友问过了：成衣匠。

"成衣匠！"巴尔扎克的头垂下去了，用低微的声音说："他值的可比那多！不要紧，我要用笔来光荣这名字。那是我的本分。"

果然这名字随了那篇作品一齐不朽至今，但却与那位成衣匠没有关系。

　　如果我们用点心理分析，"马尔加"说不定是巴尔扎克多少憧憬的综合，也许带点幼时邻家漂亮少女乳名的尾音，或者他正想到天上某星宿的古称。总之，人物名字是取决于作者的心理内容，读者的印象又要依赖作品本身的。阿Q尽管普遍，若没有"呐喊"的描写轮廓，它与我们是无干的。

二十二
两种心灵的活动

　　岩君：在你还未充分把握到批评的本领时，就先将自己创作能力否定了，这办法近于堵塞；路恐将愈走愈窄。我们都还年轻，输不是冤事，但未经比赛就宣布认输可有点委屈。如今这残忍的裁判者正是你自己，这是多么不可解的事！

　　我不愿私己而武断地肯定创作比批评给予的愉快更多。这是无从确言的，而且，在这垂亡年月，个人快意以外总还须顾及些文章对时代的作用。即从愉快一点说，这两种心灵的活动也仍是无法较量的。时至如今，诗文不应仅是来发泄情感，把批评当作铣剑，利用那神圣尊严，任意恫吓刺伤谋个人复仇愉快的只是下流"批评家"的勾当。"痛快"不应再是文章唯一的标鹄了。的确，当我们把一种意境，一份信仰濡染到另外若干心灵中时，那是极快慰的，但当批评者供献自己发见的一些真理时，那种心灵间的传递，所伸诉的虽有感官理智之不同，原作者心理的满足却无从作多寡的判别。

就是在作用上，差异也不易断定的。我们承认，特别在出版物的量数与书评的需要激增的今日，批评已逐渐具有当代的服务性了。它不再是专备后人辑入"文选"中的论文。普遍化的批评开始成为文化的筛子了。但这并不足抹杀创作的价值。（小器些说，没有创作，批评又何从谈起呢？）批评解释人生，创造表现人生。在一个完整的文化生活里，它们同是不可缺的。

为什么要劝你创作呢？一个最松爽的答覆是你应为自己的身手备下多种测验。我相信你不是贪图批评别人的比自己动手写容易，但埋起自己的，贬褒别人的，在目前究竟不是件相宜的事。即使为了批评工作的周密，你也应写写呢：试试为一个字的斟酌，或一条人物的点睛淌几许汗珠。如果这种尝试不能帮助你抓着一种风格，至少可以多了解些创造的心理过程。等你真地成为批评家时，你不会把那种神圣工作误为操刀的屠手。

创作有如蚕吐丝。才提笔时，那种怔忡不定，了无头绪的心情谁也不免的。你纵使是个渡遍重洋的水手，倚着船舷可以滔滔谈个通宵，初写起文章仍会抓耳挠腮。因为用惯了嘴，乍使起笔说里总有些忸怩。经验尽多，笔管孔洞里总似有点什么堵塞着，不能从容泄出。这个头绪需要些挤兑才吐得出的，然而多少人却从不肯挤兑自己一下。

你不也有过近廿年的人生吗？你已写出的书评还说明着你如何敏感。这廿年中间，你不曾有点小小闷郁，一桩念念不忘的事？先抓住身边琐细但是亲切的写。当你在零星纸头上描出个人物，编就一套情节，居然能触动另外同类的心弦时，你感到兴奋了。你动手想画小幅。

你嫌写出的不过是小品！小品不是坏事，坏在它俨然成为文艺的主流。只要不高蹈或下流，本本分分写一件实在事物，小品对我们初学写作的人应是极好的练习，它不需要缜密组织，也用不着过分的透视。相当的敏感加上明畅的文字，烘托出生活里一个人物，景色或事故即成。行文只要还有光泽，有胆量，有自己，即一个反对小品文的人也无话可说。

不必担心，你既是力求上进的，写到一个阶段自然就不甘心小下去了。可是切莫"膨涨"（那包括凑字数和招摇鼓吹）。你才动笔时忘记看若干伟作，那不要紧；这时你可得看看了。而且，你将是一个极仔细热心的读者。

世界上有两种读书人：那规矩的是传统的产儿，这种人创作必由文法念到风格论，学批评就由阿利士多德读到吕嘉慈。一切来得皆极安分，也就极平凡。用他们来支持文化必很称职，推进文化，变动现局却与他们无关。那是属于盲动乱撞的一种。这种蛮壮小伙乍开腿就朝相左的方向跑，别为他发愁，等他凭着一身胆量踏遍了新土以后，仍会喘息着返过头来。他将用饥饿的但是拣选的眼睛遍览积年典籍。为着搬出点更新的，他将重新踏访古人走过的路径。

就目前情形言，职业的批评家在中国还嫌太早。濡笔等着批评的人很多，可评的作品却太少。让我们还是合力在生产上努力。遇到一本有话可说的书时，不是还可以把话说的更公道体贴些么？

后记

一九三五年七月一日，行完毕业礼后十五天，我在天津接手编一个大报的小副刊，那是一个很兴奋的日子。夏季的北方是烫人的，那年还是数十年未曾有过的奇热。挤了近廿位同事的编辑室是朝着正西，对面恰是一所日夜工作的电灯厂。黄河长江闹着水，我的脊梁似乎也发见了一个永流不息的泉源。人热得头尽发昏，然而桌上却还永远堆满着各方的来信。是多么可珍贵的友谊啊！于是挥着汗，每天我就依着刊物排定文章的地盘，答覆着各方的来信。这里便是选出的一部份。常常排字工人喘着气跑来说：萧先生，不成，还差五十多个字。这个不难，使人发愁的却是逼我把已经写成的再去一半。如果读者发见这些信太粗劣，您记住那热天；如果嫌长短不齐，您莫忘记我桌边那位认真的排字工人；但您还有一个毛病可挑，那是浅薄，这我没处推。我是才由学校走出十五天，而且编的是一个那么小的副刊。

萧乾补记于上海[1]

---

1 一九三七年一月文化生活出版社初版《废邮存底》作"一九三六年十月萧乾补记于上海"。——编者注